*T*Rêve *Estivale*

Eidole

Ce livre est une fiction. Toute référence à des lieux réels sert uniquement à illustrer l'histoire. Les autres noms, personnages, lieux et évènements sont issus de l'imagination de l'auteure, et toute ressemblance avec des personnages vivants ou ayant existé serait totalement fortuite.

Ce livre comporte quelques scènes sexuelles bien que peu explicites. Il est donc conseillé de ne pas plonger dans ce rêve avant d'avoir 18 ans.

Dépôt Légal : Mars 2023
ISBN : 9798379190941

Table des matières

"Au fond, j'crois qu'la Terre est ronde
Pour une seule bonne raison...
Après avoir fait l'Tour du Monde
Tout c'qu'on veut, c'est être à la maison"
Orelsan

1.

J'ouvre les yeux et les referme aussitôt, la lumière est vraiment trop violente pour mes pupilles endormies. Au loin, j'entends le bruit des vagues et franchement, c'est agréable. Ce qui l'est moins, c'est qu'il s'agit de mon dernier jour dans mon nouveau paradis personnel. Ces deux dernières semaines de vacances en solitaire m'ont fait le plus grand bien mais la réalité finit toujours par nous rattraper et pour moi, c'est demain. En attendant, je compte profiter au maximum de ces derniers instants de liberté et d'insouciance. J'ai la chance d'avoir la vie devant moi et j'ai la ferme intention de la croquer à pleines dents !

Mes yeux s'étant enfin habitués à la luminosité, je les entrouvre pour apercevoir l'heure. Je peux vous assurer qu'entre les paupières ouvertes ou fermées, la différence de luminosité est flagrante… Pourquoi ai-je donc oublié de fermer les rideaux hier soir ? Ah oui, c'est vrai, je voulais me lever aux aurores pour déguster chaque minute de cette journée. De l'autre côté du sommeil, je regrette amèrement ma décision, franchement je ne suis pas du matin, mais alors pas du tout. C'est bien pour cela que j'utilise de tels subterfuges, pour me faire émerger des bras trop confortables de Morphée avant qu'une demi-journée ne se soit déroulée sans m'offrir ses saveurs. Bon, ce n'est pas le tout, quitte à être réveillée à cette heure si matinale, 06h37 selon mon téléphone, autant en profiter. Vive l'été et son ensoleillement maximal, je me lève au final plus tôt que pour aller travailler. Dormir en vacances, c'est surfait.

Trêve de mauvaise humeur, vous l'aurez compris, j'ai plutôt des réveils difficiles. Rien qu'un bon *russian earl grey*[1] et une tartine de pain grillé au beurre – salé bien sûr – ne peuvent arranger. Mais avant ça, quelques longueurs ne seront pas un luxe et me permettront de succomber sans scrupule à quelques gourmandises supplémentaires au petit déjeuner. J'enfile rapidement mes vêtements. L'avantage des vacances au soleil, c'est que je n'ai pas à me prendre la tête sur ma tenue : un maillot de bain, une robe paréo et me voilà fin prête pour rejoindre la piscine. Du fait de l'heure matinale et d'être encore hors saison, je ne croise personne dans les couloirs et je peux nager en toute tranquillité dans le bassin cristallin. Au bout d'une bonne heure, mes muscles et mon estomac commencent à vraiment se rappeler à mon bon souvenir. J'ai fait je ne sais pas combien d'allers-retours, j'ai perdu

---

1 Thé aromatisé noir aromatisé à la bergamote et au citron (et généralement citronnelle et écore d'orange). Un vrai régal avec du pep's, de quoi bien démarré sa journée !

le fil au bout d'un moment, preuve en est que la séance a été efficace. La natation est bien plus qu'un sport pour moi, c'est autant une échappatoire qu'un refuge. Dès que mon esprit s'encombre trop, je plonge dans cet univers aquatique pour délier toutes les tensions accumulées. Après tant d'efforts, le retour à la terre ferme est toujours aussi lourd, j'ai l'impression de peser un quintal. J'aime ce contraste, glisser sur l'eau sans aucune retenue, puis ressentir pleinement tout mon corps et tous mes muscles. Cela m'aide à m'ancrer à nouveau dans le concret après avoir laissé planer mes pensées où elles le voulaient.

L'horloge dans le hall m'indique que les buffets sont ouverts. Je me tâte à aller récupérer immédiatement toutes les calories perdues, et plus encore. Mais pour une fois que j'ai le temps, je décide d'en profiter à fond. Je retourne dans ma chambre afin de m'offrir un instant de bonheur avec une toilette intégrale. En arrivant, je me fatigue moi-même lorsque je vois l'état de la suite.

J'ai une belle séance de rangement en prévision. Et dire que j'étais maniaque avant, avant l'accident. Je crois que tant que je n'aurai pas fait le tri dans ma tête, il me sera impossible de retrouver cet équilibre extérieur. Pour en revenir au *sourdel*[2] devant mes yeux, je procrastine encore me disant que mon avion n'est qu'à 2h du matin après tout. Enjambant mes vêtements, j'allume la bouilloire. Le temps que je me douche, l'eau sera à la parfaite température pour faire ressortir toutes les saveurs de mon thé. Je me faufile sous le jet encore froid pour donner un coup de fouet aux idées noires qui rôdent toujours. Une fois l'ambiance réchauffée, j'entame une routine complète : gommage, shampoing, masque, gel douche, crème… Je ne laisse rien de côté, pourtant j'ai comme un goût de trop peu. Mon corps et ma peau seront mon armure pour encaisser la journée de demain et je les veux dans les meilleures conditions pour compenser les failles de l'esprit. Je téléphone au

---

[2] Contraction de souk et de bordel. Spécial dédicace à ma doodingue : Audrey Notte.

spa pour voir s'ils peuvent me trouver une place. Après un rapide échange avec la réception, ils m'informent qu'ils ont rajouté une séance rien que pour moi à la fermeture du salon. Habituellement, je n'aime pas les traitements de faveur, mais pour une fois je ne vais pas me plaindre du rayonnement de mon patronyme.

En rejoignant le hall de l'hôtel, je me glace sur place. Accoudé à la réception, je distingue le seul individu que je souhaite éviter sur terre. Dire qu'il y a encore cinq ans, mes journées se résumaient à tenter de l'apercevoir encore et encore. J'étais bien cruche à l'époque. Maintenant, je sais que derrière ce visage d'ange se trouve le cœur du diable. Que fait-il ici ? Je ne crois pas au hasard et pourtant ça fait presque un an que j'ai disparu de tous les radars et que personne ne sait où je suis. Alors que j'essaie de m'éclipser discrètement, ma chance me fuit lorsqu'une serveuse me reconnaît et m'interpelle. Dieu que j'aimerais être une inconnue parfois. L'ouïe toujours aussi fine, Silvio se retourne et plante ses yeux noirs comme les ténèbres dans les miens.

À cet instant, je n'attends plus qu'une chose, que la terre s'ouvre enfin et m'aspire en son noyau. Non, je ne suis pas extrême dans mes propos. Le sol n'a pas bougé, pourtant au fond de moi une digue vient de céder. Tout le chagrin que j'ai tenté de fuir avec ce voyage resurgit d'un coup, et les larmes franchissent la barrière de mes paupières avant même que j'aie le temps de faire quoi que ce soit. J'ai l'impression que les globes obscurs face à moi reflètent aussi cette tristesse, mais c'est impossible : pour avoir de la peine, il faut avoir une âme. Je ne cherche pas à comprendre, je tourne vite fait les talons, tentant de conserver un minimum de dignité. Je traverse prestement le vestibule pour atteindre les ascenseurs et disparaître avant qu'il ne puisse me rejoindre. Bien évidemment, la cabine met un temps fou pour s'ouvrir et avant que les doubles portes ne se verrouillent, ce corps que j'adore autant que je déteste se glisse à mes côtés. Quand l'élévateur se met enfin en branle, je peux vous assurer que j'ai l'impression de descendre aux Enfers plutôt que de monter au septième ciel.

– Où étais-tu ? me demande-t-il avec une froideur qui ne va pas du tout avec la chaleur de son accent italien.

Je me cloître dans un silence plus que salutaire. Je ne sais pas ce qui pourrait sortir de ma bouche à cet instant précis, mon cerveau ayant coulé avec mes larmes. Plus les étages défilent et plus la tension monte dans la cabine. J'ai l'impression que le voyage est interminable, pourtant je ne suis qu'au cinquième niveau. J'entends Silvio bougonner dans la barbe qu'il n'a pas. Mais je sais qu'il ne daignera pas m'accorder une autre parole avant que je ne lui réponde. Sauvée par le gong, me voici enfin à mon palier. Je n'ai toujours pas desserré les dents. Je me retourne et fixe enfin mon ennemi dans les yeux. Je peux lire toute l'impatience et le dégoût que je lui inspire. Juste avant que les portes ne se referment, je lui souffle un "À demain". Je sais qu'il en veut plus, mais c'est tout ce que mon cœur est prêt à avouer.

Et comme ça, il a la seule réponse qui lui importe vraiment.

À peine le seuil de ma chambre franchi, je m'écroule contre ce qui sera mon rempart face au monde. Mon cœur tente d'évacuer le trop plein de douleur qui l'enserre, bientôt les perles salées ne sont plus suffisantes. Alors je me jette sur le premier coussin et je hurle mon désespoir. Tout mon corps tremble sous les spasmes du chagrin que je ne sais pas gérer. Je suis bien heureuse au final de n'avoir pas eu le temps d'ingérer quoi que ce soit. Je ne sais pas combien de temps je reste prostrée ainsi, mais peu à peu j'ai l'impression que mon esprit s'évade et se calme enfin. Je glisse, sans m'en rendre compte, dans un sommeil libérateur.

Lorsque j'ouvre à nouveau les yeux, je suis percluse de douleurs physiques qui ont remplacé, pour l'instant, celles de l'âme. Malgré la température extérieure qui doit bien avoisiner les trente degrés, je suis frigorifiée. Je m'attendais à ce que demain soit difficile, je n'aurais jamais imaginé être confrontée à mon passé un jour plus tôt. Je n'étais pas prête. Je ne SUIS pas prête. JE NE SERAI JAMAIS PRÊTE. La nausée me reprend et je fonce aux toilettes évacuer toute la bile provoquée par Silvio et tout ce qu'il représente. Encore habillée, je m'engouffre, pour la deuxième fois de la journée sous la douche. J'allume le jet à fond et je monte la température juste au-dessus du supportable. Je cherche la morsure de la brûlure pour tenir à distance mes souvenirs. Mais rien n'y fait. Mes barricades mentales se sont écroulées et très vite les larmes viennent se mêler à l'eau qui ruisselle sur ma peau. Je m'effondre à nouveau, mais cette fois-ci en silence. Les perles salées qui sortent de mes yeux me lessivent, au propre comme au figuré. Moi qui ne voulais pas pleurer pour rester forte et ne pas déshonorer mes parents, je me rends compte que c'est à moi que j'ai fait le plus de mal. Je me suis privée du seul vrai remède à un cœur brisé. En gardant mes sentiments enfouis, je les ai gardés dans mon présent. Jamais je n'oublierai, mais je dois accepter de les dépasser.

5 ans plus tôt

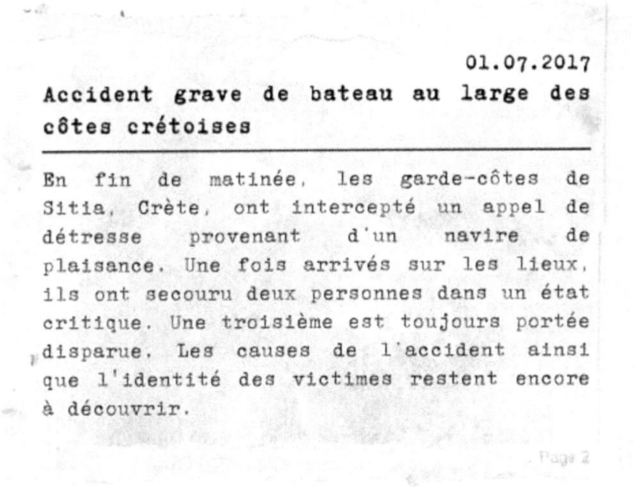

01.07.2017

Accident grave de bateau au large des côtes crétoises

En fin de matinée, les garde-côtes de Sitia, Crète, ont intercepté un appel de détresse provenant d'un navire de plaisance. Une fois arrivés sur les lieux, ils ont secouru deux personnes dans un état critique. Une troisième est toujours portée disparue. Les causes de l'accident ainsi que l'identité des victimes restent encore à découvrir.

Page 2

01.07.2017

L'univers du luxe pleure un de ses pairs

Le bateau qui s'est abîmé ce matin au large du parc naturel de Kyriamadi en Crète appartient à Sergio Massiano, le bras droit de Thomas Dupaintre. Les deux hommes ont été repêchés en urgence absolue. M. Dupaintre, 56 ans, est décédé avant de rejoindre l'hôpital. M. Massiano, 57 ans, a quant à lui été opéré puis placé dans un coma artificiel, les vingt-quatre prochaines heures seront décisives selon les médecins.

Thomas Dupaintre s'est illustré en imposant ses sacs à main dans les plus grands défilés de mode. Les grandes marques les plus prestigieuses possédant une gamme de maroquinerie organisent régulièrement des partenariats avec la maison à La Licorne. Sa femme, Célia Dupaintre, est toujours portée disparue, mais les chances de la retrouver vivante sont faibles vu l'état dans lequel se trouve le bateau.

Depuis l'annonce du décès, les hommages se multiplient sur la toile.

08.07.2017

Drôle de coïncidence le jour de l'enterrement de Thomas Dupaintre

Les obsèques de Thomas Dupaintre ont eu lieu ce jour à 14h dans sa ville natale de Tignes. À près de 2000 kilomètres de là et presque au même moment, les secouristes grecs repêchaient le corps de Célia Dupaintre.

Il y a une semaine le bateau de Sergio Massiano s'abîmait dans la mer de Crète. Ce dernier semble sorti d'affaire même s'il reste toujours sous la vigilance des médecins.

Les causes de l'accident sont toujours floues.

Page 2

25.07.2017

SCANDALE : La fille de feu Thomas Dupaintre absente des cérémonies d'hommage

Très discret sur sa vie privée, Thomas Dupaintre venait toujours seul aux événements mondains afin de préserver sa famille. Si le prénom de sa femme a fuité dans la presse il y a quelques années, celui de sa fille reste toujours inconnu. Et ce n'est pas maintenant que nous en saurons plus puisqu'elle ne s'est présentée à aucune des commémorations. Suit-elle le protocole paternel ou bien est-elle au-dessus de tout cela ? Nous ne le savons pas.

L'entreprise Dupaintre était représentée par Silvio Massiano, le fils de Sergio Massiano, qui devrait reprendre logiquement les rênes de la société.

01.08.2017

le nouveau visage de la Maroquinerie Dupaintre

Sans nouvelle de la fille de Thomas Dupaintre, qui continue à éviter toute apparition publique ou au siège social, c'est officiellement Silvio Massiano qui a repris l'intérim de la marque à La Licorne. Bien que sorti de l'hôpital, Sergio Massiano a été fortement affaibli par l'accident et la perte de ses amis. Il a donc décidé de se retirer de ses fonctions.

Page 2

07.08.2017

La vérité sur l'accident qui a coûté la vie à Thomas Dupaintre

---

Il aura fallu plus d'un mois d'enquête pour déterminer les circonstances du naufrage du Magnificenza. Début juillet, le yacht de Sergio Massiano, l'associé de Thomas Dupaintre, s'accrochait aux récifs crétois. Il s'agit d'une erreur de navigation due à l'état d'ébriété dans lequel se trouvaient les trois marins.
Si différents témoignages attestent que M. Massiano était à la barre lors de la sortie du port, le doute persiste quant à la personne naviguant au moment de l'accident qui a coûté la vie au couple Dupaintre. M. Massiano, grièvement blessé de son côté, a préféré se retirer des affaires sans apporter de précision sur ce drame.

17.08.2017

Serge Massiano sort de son silence

Par l'intermédiaire de son fils Silvio, Sergio Massiano a livré à la presse les détails du naufrage de son bateau qui, rappelons-le, a coûté la vie au père de la maroquinerie moderne, Thomas Dupaintre ainsi qu'à sa femme. Il s'est dit profondément affecté par la disparition de son associé et ami. Il explique qu'après la signature de la collaboration entre la marque à La Licorne et Zolotas, une référence dans la bijouterie grecque, les deux hommes ont voulu profiter des paysages paradisiaques de l'île mythique. Ils étaient tranquillement en pleine mer quand Célia Dupaintre a voulu accoster sur une plage de la baie de Kyriamadi. Les hommes ne voulant ni ne pouvant prendre la barre, c'est la femme du chef d'entreprise qui fit la manœuvre. Ne possédant pas son permis bateau, elle a manqué de vigilance et a heurté un récif. Il devra vivre maintenant avec les conséquences de son inaction. Il conclut en confirmant vouloir se retirer de toute vie publique. Rappelons que MM. Massiano et Dupaintre s'étaient rencontrés sur les bancs d'HEC Paris. C'est avec le soutien financier du Transalpin, que le Tignard a pu construire son empire.

26.06.2018

Une collection capsule hommage

Cela fera bientôt un an que Thomas Dupaintre a trouvé la mort dans un accident de navigation lors d'un voyage d'affaires en Grèce. Pour lui rendre hommage, une collection capsule en partenariat avec la marque Zolotas a été créée. 20 703 pièces seront mises en vente dès le 1er juillet sur internet puis le lendemain en magasin. Ce nombre de pièces n'est pas un hasard, il représente le nombre de jours vécus par Thomas Dupaintre, né le 25 octobre 1960.

Il s'agit aussi de la première collection dirigée par Silvio Massiano depuis qu'il a repris la tête de la maison à La Licorne. Sera-t-il au niveau des attentes, nombreuses, d'une filière qui ne laisse pas le droit à l'erreur ?

17.07.2018

Des petits pains de cuir et d'or

À peine quinze jours après le lancement de la collection commémorative de la maison Dupaintre, les plus de 20 000 articles se sont vendus comme des petits pains. Officiellement tous les magasins sont en rupture de stock, mais avec un petit peu de chance peut-être reste-t-il des modèles d'exposition. En attendant, les rares acquéreurs de cette collection se font plaisir. Hier, un bracelet s'est revendu à 12 650 € alors que son prix initial était de 550€. Tout le monde s'arrache ces petits pains de cuir et d'or..

Page 2

01.07.2019

Mais qui est la fille Dupaintre

Triste anniversaire aujourd'hui. Deux ans après, la mode pleure toujours la perte de Thomas Dupaintre. Si Silvio Massiano a repris d'une main de maître la marque à La Licorne, il n'en reste pas moins le successeur par intérim. Nous avons appris par un proche de la famille Massiano qu'il pourrait être remplacé d'ici trois ans par la fille du défunt. Pour le moment aucune information n'a fuité à son sujet et notre contact n'a pas voulu nous en dire plus. Tout ce que nous savons c'est qu'elle n'a pas suivi le parcours de son père en école de commerce mais s'est engagée dans les compagnons du devoir après un Master en Écologie.

14.08.2021

La fille Dupaintre démasquée

Après 4 ans d'invisibilité sur la sphère publique, nous connaissons enfin la vérité sur la Fille à La Licorne. Retrouvez notre dossier spécial en page 4...

Page 2

20.08.2021

Disparition de la Licorne

Après les révélations la concernant, la fille de feu Thomas Dupaintre a préféré fuir plutôt que d'assumer son rôle dans l'entreprise familiale. Ce qui fait les affaires de Silvio Massiano, qui, à un an de la fin de sa période d'intérim, profite de la fugue de La Licorne pour asseoir un peu plus sa position dans l'entreprise.

Page 2

2.

Je revis ces cinq années comme si j'y étais à nouveau. Et enfin, je lâche prise sur mon chagrin. Mon père, le grand Thomas Dupaintre, fils de tanneur, m'a appris qu'offrir ses sentiments aux autres, c'était leur donner les armes pour vous anéantir. Alors depuis ce triste jour où ma vie s'est effondrée, j'ai tout retenu, tout enfoui au plus profond de moi. J'ai disparu de la face publique de peur de craquer. Je me suis terrée chez moi comme un ours pour hiberner, pensant que les années effectueraient leur travail. Mais ce qui est entré doit un jour sortir. Toujours. Je suis groggy par mes émotions. Je ne sais pas si je dois me sentir soulagée ou coupable. Une chose me rassure, personne n'a assisté à cette débâcle, même si pour une fois, je n'aurais rien eu contre un paparazzi un peu trop vicieux. Après tout ce qu'ils ont pu dire sur mon insensibilité, j'aimerais leur cracher mon malheur à la tronche, mais je n'apporterais que de l'eau à leur moulin.

Un bruit me sort de ma léthargie. J'éteins l'eau et me redresse le plus discrètement possible. C'était bien le bruit de la serrure électronique que j'ai entendu, et maintenant, j'entends le chuintement de la porte qui s'ouvre. Il faut que je me ressaisisse. Personne ne peut me voir dans cet état. Une dose d'adrénaline se fond à mon sang, affinant tous mes sens et mes gestes. Prestement, je retire mes quelques vêtements. En regardant mon reflet dans le miroir, je me trouve plus de ressemblance avec un lapin-garou toxoplasmique ou un vampire assoiffé depuis quinze jours qu'à une humaine. Je suis en train de trouver une excuse pour expliquer mon état lorsque SON accent chantant me ramène à la réalité :

— Où es-tu, il faut qu'on parle !

Son ton ne me laisse que peu de choix. Je me demande qui il a dû soudoyer pour avoir le double de ma clé. Comme dit son père : "Rien ne peut arrêter un Massiano". J'inspire profondément et sors de la salle de bain. Il veut discuter, grand bien lui fasse, moi j'ai davantage envie de me disputer… Lorsque j'ouvre la porte, prête à ne rien lâcher tel un pitbull sur un os, je me heurte à un second battant, ou un torse si j'assimile les effluves qui viennent mettre en déroute toutes mes convictions et mes hormones. Argh, je le hais !!! Malgré toute l'aversion que j'ai pour lui, je me déteste de réagir autant à son parfum. Et rien que pour ça je l'ai encore plus en horreur. Lui, bien sûr, rien ne l'émeut, bah non, pour ça il faudrait qu'il ait un cœur et j'ai eu la preuve que la nature avait oublié de le doter de cet organe. Ce doit être l'évolution naturelle, les sentiments n'ont pas leur place dans le business. Il pose son regard sombre sur moi et je sens mon sang se cristalliser dans mes artères. Je suis en serviette, avec le visage de *Jigsaw*[3], coincée par un corps - délicieusement - musclé, je suis clairement en position de faiblesse et je n'aime pas ça. Je suis persuadée qu'il se délecte de mon apparente fragilité. Une étrange lueur sardonique lui éclaire le regard en même temps que ses lèvres s'ourlent dans un sourire que je ne lui connais pas. Ne voyant aucune échappatoire, je passe à la meilleure défense : l'attaque !

— Non mais ça va pas la tête ! Qui t'a permis d'entrer ici ! Tu n'es pas chez toi ! Tu peux graisser la patte à qui tu veux, mais ton argent n'a pas de valeur pour moi. Tu n'as aucun pouvoir sur moi ! Dégage ! Je suis déjà obligée de te voir demain alors ne viens pas gâcher ma dernière journée de vacances. Et puis comment as-tu su où j'étais ? Personne ne savait que je venais ici et j'ai pris soin

---

[3] Alias du tueur en série John Kramer dans la série de film *Saw*.

de faire la réservation sous le nom de jeune fille de ma mère, qui n'avait pas fuité dans la presse. Ce n'est que sur place que l'on m'a reconnue à cause des torchons de tes chiens de paparazzi. As-tu téléphoné à tous les hôtels du monde pour me trouver ? Ce n'est pas ton style de perdre du temps avec les gens. Ou peut-être que si au final, ce petit côté stalker te siérait à merveille je dois dire. Et puis bouge de là, tu ne vois pas que tu me gênes ? Je sais que tu aimes te rincer l'œil, mais c'est fini le temps où tu pouvais me mater à ton bon plaisir. Je n'ai jamais été et je ne serai jamais ta chose.

Je vous concède que quand je suis mal à l'aise, j'ai tendance à être un vrai moulin à parole. Plus rien ne peut m'arrêter. Surtout que je sais qu'il abhorre les pipelettes. Les femmes c'est fait pour écouter ou obéir et non parler ou commander. Mon plan - *ok je vous l'accorde, demi-plan* - fonctionne puisqu'il finit par souffler avant de s'éloigner. Sans une dernière œillade, il se fraie un chemin vers le couloir en proférant :

— Ça tombe bien, je ne souhaite pas rester

plus longtemps dans ce *bordello*[4]. Tu fais honte à tes parents ! Tu as vingt minutes pour me rejoindre sur mon voilier. Si tu es en retard, c'est aux journalistes que tu parleras, vu qu'il n'y a que ça qui te fait peur.

L'empiafé[5] ! Encore une fois, il a eu le dernier mot. Argh, j'en fais la promesse, aujourd'hui et maintenant, dans la tenue la plus improbable, que je lui ferai bouffer ses dents si éclatantes ! Je resterais bien à le traiter de tous les noms d'oiseaux que je connais, mais ça ne serait qu'une insulte pour les volatiles concernés et je n'ai pas de temps à perdre. Je dois me dépêcher si je ne veux pas voir arriver plus de vautours dans ma vie. J'enfile ma tenue de camouflage : un jean, un sweat à capuche, une casquette, des lunettes "yeux de mouches" et me voilà prête à quitter la sécurité de mon nid. Pas besoin de plus m'apprêter pour ce rapace, je désire lui montrer

---

[4] Traduction assez transparente non ?

[5] C'est volontaire, je sais on dit empaffé, mais lisez la suite et vous comprendrez ^^'

que je n'ai rien à lui prouver. Il me reste un quart d'heure pour trouver son embarcation de malheur. Mais qu'il n'imagine pas trente secondes me faire prendre la mer avec lui, même pas en rêve. Afin de gagner du temps, je dévale les escaliers quatre à quatre. Arrivée à l'accueil de l'hôtel, je demande à la traîtresse qui m'a reconnue plus tôt si M. Massiano a laissé un message pour moi. Ce qui n'est pas le cas, bien évidemment Pourquoi me faciliterait-il la vie après tout ? Je vais devoir trouver par moi-même son phallus flottant. Je suis certaine que c'est sa manière de me faire payer ma disparition et tout le précieux temps qu'il a dû perdre pour me retrouver.

La chaleur m'assaille une fois dehors. Mais hors de question de retirer quoi que ce soit. Je préfère cuire qu'être reconnue. Sur le qui-vive, je me dirige vers la plage pour essayer de repérer son canot. Pourquoi laisser des indications quand votre paquebot est visible de toute la baie ? Monsieur ne va quand même pas se mélanger au bas peuple en s'arrimant à la marina. Il préfère mouiller à la vue et aux yeux de tous. Un rafiot à moteur semble m'attendre. Mais hors de question que je le prenne pour le rejoindre. C'est déjà beaucoup me demander que de mettre un pied sur son yacht, mais il m'est impossible de circuler sur cette eau à la fois mon amie et ma pire ennemie. Sentant le temps restant à ma disposition fondre comme neige au soleil et jugeant la distance entre la plage et sa coque de noix, je me déshabille et entre dans l'eau. Mes sous-vêtements basiques me serviront de maillot de bain. Vous pouvez vous douter qu'après presque une heure dans la piscine plus tôt et sans avoir déjeuné depuis, la traversée est plus compliquée qu'envisagé. Je me déteste, moi et mes idées de brin[6]. Mais je l'ai fait ! Et quelle fierté ! Lorsque je monte à bord, j'ai le palpitant qui est prêt à bondir hors de ma poitrine et les poumons qui n'arrivent plus à capter assez d'oxygène pour irriguer mes muscles et mon

---

[6] Ne m'en voulez pas, mes racines ch'ti refont surface de temps en temps. Et puis pour le coup, je trouve ça plus distingué de dire "brin" au lieu de "merde".

cerveau.

– *Ci fai o ci sei*[7] ?

C'est qu'il pourrait presque faire peur, l'Italien ! Mais je me tiens droite dans mon maillot de fortune ; hors de question de lui montrer à quel point la traversée m'a coûté. J'essaie de rester fière malgré ma tenue peu adaptée à une discussion professionnelle, car nous sommes tous d'accord que rien d'autre ne peut arriver.

– Tu voulais parler, je suis là maintenant. Tout ça aurait pu attendre demain tu ne crois pas ? Tu sais très bien ce qu'il va se passer à la réunion devant les actionnaires. Toi et ton père m'avez très bien fait comprendre que je n'ai rien à faire à la tête de MA société ! Tout ce que je suis bonne à faire, c'est de la figuration avec mon corps de sirène. Vous avez bien tiré votre épingle du jeu, les Massiano. On élimine les parents et on évince la fille. Vous n'êtes que des requins, finis-je presque en larmes – *on reviendra pour la fille forte droite dans*

[7] T'es stupide ou tu le fais exprès ?

ses bottes.

— Tu veux rire, je crois. J'ai tout essayé pour t'intégrer dans les choix de l'entreprise, pour faire en sorte que la passation soit naturelle. Mais non, tu t'es murée dans ton silence et ton chagrin. Tu as fait ta petite fille gâtée comme d'habitude. Et tu t'es mise à me fuir sans raison, alors que nous étions si proches avant..., conclut-il dans un soupir.

— Ton père est un assassin et rien ne peut me faire oublier ça !

— Je ne suis pas mon père !!! Tu devrais le savoir, nous avions des projets, mais tu as abandonné.

— Tu ne nies donc pas que ton père a tué mes parents et mis ça sur le dos de ma mère ! Il l'a fait passer pour une capricieuse, alors que c'était la gentillesse et la douceur incarnée. Et tu sais aussi bien que moi qu'elle avait son permis bateau puisque c'est elle qui a converti nos pères à cette passion.

La rage me sort par tous les pores, tandis que lui, il est là tranquille à essayer de comprendre ce qui ne va pas chez moi. Mais c'est dans sa famille que le mal se terre ! La poutre, la paille, voilà quoi. J'inspire fort pour ne pas craquer. L'avantage, c'est qu'avec tout ce que j'ai pleuré ce matin, je ne crois pas avoir des larmes en réserve. Dommage pour lui, il ne me reste que la colère, mes colères, car oui j'en ai plusieurs : la colère d'une petite fille à qui on a volé ses parents, la colère d'une femme reléguée à un objet de convoitise, la colère d'une amie abandonnée au pire moment. Il devrait le savoir pourtant, derrière le calme se cache souvent la tempête !

Le temps s'étire, nous restons tous les deux sur nos gardes. L'électricité dans l'air est palpable. Une brise marine vient caresser ma peau et un frisson me parcourt de l'intérieur. Le temps a beau être clément en ce dernier jour de juin, je peux vous assurer qu'au milieu de la mer Méditerranée, en sous-vêtements et toute humide, le moindre déplacement d'air vous fait redresser les poils inexistants. En bon macho, éduqué à être un homme fort pour prendre soin des faibles femmes, Silvio récupère une serviette sous les banquettes du pont et m'entoure délicatement dedans. Je devrais me réjouir de la douce attention, mais je n'y vois qu'une preuve de plus qu'il considère que je ne suis rien sans lui. Mon claquement de dents m'empêche cependant de lui jeter le tissu éponge au visage. Je suis peut-être pire mule qu'un âne bâté, mais pour une fois, je choisis mon confort et je ronge mon frein. J'aimerais lui montrer ma maturité mais être face à lui me confronte à mes démons passés et présents, je ne sais pas comment agir hormis m'asseoir dans un coin et me perdre dans l'immensité d'un camaïeu de bleu. Après cet échange musclé qui n'a apaisé personne, je le sens s'agiter dans tous les sens tandis que je suis d'un calme olympien. Je souris intérieurement en réalisant que nous sommes à l'opposé de nos caractères habituels.

Un vent de panique me submerge lorsque je comprends que tous ses mouvements étaient les vérifications nécessaires avant de larguer les amarres. Le bruit des voiles qui claquent, prêtes à prendre le vent, sonne à mes oreilles comme un coup de feu. Lorsque l'embarcation commence à se mouvoir, c'est plus que je ne peux en supporter.

— Comment peux-tu me faire ça ? Tu n'as vraiment aucun cœur ! Tu sais que je refuse de naviguer. Déjà tu m'as fait venir sur ton maudit cercueil flottant, je n'ai rien dit, pressée d'en finir avec tout ça. Mais tu vas trop loin Silvio, houspillé-je.

Sans lui laissait le temps de réagir, je lui jette la serviette à la tête et retourne à l'eau qui ne semble plus me quitter aujourd'hui – et dire que j'ai passé cinq minutes à me mettre de la crème partout, avec tout ce sel, en plus du gommage, je n'ose imaginer l'état de ma peau demain qui, à l'instar de ma carapace psychologique, se craquelle aussi. Mais cette fois-ci, le froid me tétanise. Cahin-caha, j'arrive à effectuer quelques brassées au prix d'un énorme sacrifice mais je sais que ce ne sera pas suffisant. J'ai du mal à coordonner mes membres ne serait-ce que pour garder la tête à la surface. Je réalise à nouveau que je n'ai toujours rien mangé et que je suis tout simplement à court de carburant pour alimenter mes muscles déjà surexploités depuis ce matin. Je tente tant bien que mal de respirer, mais très vite, mes poumons se remplissent plus de liquide salé – *je ne vous dis pas la brûlure* – que de gaz respirable. Le plus frustrant étant que plus je me débats, plus je coule. Mon corps n'est que douleur. Vais-je à mon tour mourir dans cette mer qui m'a déjà privée de mon univers ? Je cesse toute lutte face à cet état de fait. À quoi bon après tout, je suis orpheline, mon parrain a tué mes parents, celui que je considérais comme l'homme de ma vie se permet de spolier mon héritage, quelles raisons me reste-t-il ? C'est avec sérénité, sentiment qui m'était étranger depuis cinq ans, que j'accepte la fatalité de partir dans les mêmes eaux que mes parents. Le manque d'oxygène commence à se faire sentir et il me semble distinguer mon père et ma mère venus eux-mêmes me chercher. Je suis si soulagée de les observer même si j'ai conscience qu’il ne s’agit que d’une hallucination. Ils m'ont tellement manqué. De leur côté, ils n'ont pas l'air contents de me revoir. Plus je tente de m'approcher, plus ils s'éloignent. Les ai-je vraiment déçus à ce point ? Avant que les ténèbres ne s'emparent de moi, je les vois me rejeter violemment, mon âme se fend alors que je perds connaissance.

3.

Ce qu'elle peut m'exaspérer ! Elle ne comprend rien, ne voit rien. Elle lâche toute sa rage sur moi sans essayer d'envisager ma version. Je n'ai peut-être pas agi comme elle l'aurait voulu mais tout ce que j'ai fait, c'était dans l'unique but de sauvegarder La Licorne. Le comble étant que ses principales critiques sont exactement sur les actions que j'ai dues me résoudre à exécuter pour protéger sa société comme je ne pouvais pas compter sur elle. C'est moi qui passe pour un cœur de pierre alors que c'est elle qui s'est coupée du monde. Et me voilà maintenant à ronchonner comme un gamin, moi qui suis généralement si posé et maître de moi. Elle est vraiment capable de faire ressortir le pire comme le meilleur. Je pensais que cet incident nous aurait rapproché, mais la voilà devenue tout ce que j'exècre. Elle est devenue malgré elle le portrait que les journaleux ont voulu lui donner. Je ferme les yeux et respire un grand coup pour chasser toutes ces pensées parasites et retrouver mon calme légendaire. On me pense dénué de toute sensibilité alors que mes émotions bouillonnent au fond de moi. On m'a juste inculqué de ne jamais rien montrer.

Je m'affaire pour nous préparer à prendre le large. Je me doute que les minutes à venir vont être difficiles et je n'ai qu'une envie : lui faciliter la chose. Je refuse qu'elle soit seule dans cette épreuve. Je la connais trop bien et je sais qu'elle a besoin de se recueillir sur les lieux de l'accident pour tourner la page avant la réunion de demain qui va définir le reste de nos vies. Peu après le décès de ses parents, lorsque j'ai pris l'intérim, je pensais qu'on aurait pu travailler ensemble. Elle aurait été la corne, la face magique de la société tandis que j'aurais été le cheval de trait capable de tirer l'entreprise toujours plus loin. Mais non, elle a préféré ne voir en moi que le reflet de mon père et faire sa vierge effarouchée. J'espère que nous confronter ensemble au drame nous permettra de retrouver un équilibre et dénouera le dialogue.

Alors que je hisse la grand-voile, j'ai à peine le temps de bien prendre le vent que je l'entends fulminer et qu'une serviette humide m'atterrit en pleine face. Je me retourne, prêt à supporter une nouvelle salve d'injures. Quelle n'est pas ma surprise lorsque je la vois gracieusement plonger. Je reste coi quelques secondes avant qu'une bourrasque ne vienne s'écraser dans les voiles. Je me ressaisis et retourne à la barre, ce n'est ni l'endroit, ni le moment de chavirer. Elle me saoule aussi à se comporter comme une gamine pourrie gâtée qui n'en fait qu'à sa tête. Tout ça parce que mademoiselle a gagné quelques médailles en natation, elle fait sa maligne. Mais qu'elle se noie un peu, ça lui fera les palmes… Je m'en veux aussitôt d'être aussi cynique, même si d'un côté je suis bien content d'avoir de nouveau la paix sur mon voilier. Elle a osé l'appeler cercueil flottant alors qu'elle sait très bien que c'est mon refuge, là où je peux échapper au flicage qu'entraîne ma position. En effet, j'ai très vite trafiqué la balise GPS, naviguant à l'ancienne. Si j'avais pu, j'aurais arraché la CB, mais je préfère la garder au cas-où, mais éteinte. La vie m'a appris qu'on n'est jamais à l'abri d'un accident.

Mes mauvaises paroles tournent en boucle dans ma tête. Je sais que je m'en voudrais à vie s'il lui arrivait quelque chose par ma faute. Alors que j'essaie de la repérer au loin connaissant la vitesse de la sirène, mon cœur manque un battement lorsque je la distingue en train de se débattre dans l'eau. Elle est tellement fière qu'elle n'appelle même pas à l'aide et préfère se noyer seule. Au vu de la vitesse du voilier, je dirais qu'elle n'a peu voire pas avancé depuis son plongeon. Mais quel con, comment ai-je fait pour ne pas l'entendre, ne pas m'en rendre compte ? Ils ont tous raison après tout, je ne suis qu'un mec sans cœur et complètement égocentrique ! Je me prépare à me mettre à la cape[8] afin de nous

---

[8] Se mettre à l'abri, face au vent ou dans une houle modérée pour effectuer des réparations ou éviter un coup de vent

protéger lorsque je la vois disparaître sous l'eau. Tant pis pour les risques d'accident, je ne réfléchis pas plus longtemps et plonge à son secours. J'ai l'impression de perdre la tête quand je la vois s'enfoncer dans les ténèbres comme si celles-ci l'appelaient. Bon sang, pourquoi ne lutte-t-elle pas ? Elle a toute la vie devant elle et pas n'importe laquelle, c'est une Dupaintre après tout.

J'arrive enfin à l'attraper et j'apprécie grandement le facteur de flottaison de l'eau qui me permet de la remonter assez facilement. J'ai peur, elle ne se débat pas. Pourvu qu'il ne soit pas trop tard. L'oxygène commence aussi à me manquer. Ma tête est prise dans un étau, mes poumons me brûlent tellement que j'ai l'impression qu'ils sont en feu ; devant mes yeux dansent les étoiles. Mais je n'abandonnerai pas. J'y laisserai peut-être ma vie et mon âme, mais je la sauverai. Elle ne connaîtra pas le même sort que ses parents ! Et moi, Silvio Massiano, je n'aurai pas le poids d'autres morts sur la conscience. J'atteins finalement la surface. L'air que j'avale goulument m'apaise autant qu'il avive la douleur de mes bronches. Je lui sors la tête de l'eau, mais elle est toujours inanimée. Une chance dans cette journée cauchemardesque, le temps, lui, est parfait pour ce jour d'été : du soleil et de rares coups de vent, le yacht n'a donc que peu avancé. J'ai vraiment été stupide de ne pas jeter l'ancre, mais j'ai eu tellement peur. Pourvu que ces quelques secondes fassent toute la différence quant à sa survie. Je rattrape le bateau et nous hisse tant bien que mal sur le pont. Voilà mes heures de musculation bien rentabilisées.

Je l'allonge délicatement, et mon cœur se serre, ses lèvres sont bleues, sa peau est laiteuse et je n'entends aucun bruit dans sa poitrine. J'entame le massage cardiaque alors que des larmes voilent mon regard. Je dépose mes lèvres sur les siennes pour lui insuffler toute la force vitale dont elle a besoin et reprends mes impulsions. Alors que j'allais lui refaire du bouche-à-bouche, je vois les couleurs revenir sur son visage. Elle tousse et crache l'eau encagée, mais malgré le soleil qui tape, elle se met à trembler. Je vérifie qu'elle a repris une respiration cohérente et cherche une nouvelle serviette sèche. Je jette l'ancre pour nous stabiliser rapidement, je m'occuperai des voiles plus tard. Je défais mes vêtements trempés, m'assieds derrière elle et la serre dans mes bras afin de la réchauffer au plus vite.

4.

Je peine à reprendre mes esprits. Je respire à nouveau mais mes poumons me brûlent toujours autant. J'ai l'impression que toutes mes alvéoles sont sur le point d'éclater. La douleur m'informe sur le fait que je n'ai pas rejoint mes parents dans ces eaux grecques. Je ne sais pas comment j'ai survécu, mais je suis soulagée. Comment ai-je pu me laisser abandonner ainsi ? J'ai tant encore à expérimenter, je veux montrer aux autres et surtout à moi-même de quoi je suis vraiment capable. Fini de me faire des nœuds au cerveau pour tenter de rentrer dans un carcan. À partir d'aujourd'hui je tracerai moi-même mon chemin sans m'occuper de celui suivi par mon père.

J'ouvre les yeux et, après avoir été happée par les ténèbres, la clarté des cieux me grille les rétines. C'est étrange, malgré ce qui vient de m'arriver, je me sens bien. Une douce chaleur irradie mes muscles encore meurtris par le froid et les efforts, tandis qu'une odeur musquée électrise mes synapses. Après plusieurs secondes à identifier ce confort, j'assimile mon environnement. Je suis de nouveau sur le voilier de Silvio, sur le pont exactement, et plus précisément dans ses bras. Je comprends que mes parents ne m'ont pas rejeté, ils n'étaient, après tout, qu'une vision de mon cerveau sous-oxygéné, c'est mon bel Italien qui vient de me sauver la vie. Encore une chose que je lui dois, déjà qu'il possédait mon cœur, je ne suis pas sortie de l'auberge.

Un nouveau feu prend naissance au plus profond de mon être Je ne contrôle plus rien. Sans réfléchir à la portée de mes actes, je me retourne et plaque mes lèvres sur celles qui m'ont tentées durant de si nombreuses années. Si mon bel Italien est dans un premier temps surpris par cet assaut, je sens rapidement notre baiser s'approfondir. Après l'eau glacée, voici une tout autre brûlure qui me dévore. Chaque centimètre parcouru par ses mains m'apporte la morsure du désir. Je n'ai jamais ressenti ça. J'ai déjà connu plusieurs partenaires, mais aucun n'a réussi à m'embraser avec de simples caresses. J'ai l'impression d'être à nouveau une adolescente, découvrant pour la première fois les plaisirs de la chair. À l'instant où sa bouche abandonne la mienne, j'ai la sensation qu'il m'arrache un membre, que je retrouve bien vite quand elle s'égare sur mon épiderme. Je ne peux retenir un gémissement lorsque, de ses mains expertes, Silvio m'ôte le peu de vêtement qui m'habille.

Il s'éloigne pour me contempler dans le plus simple appareil. Je n'ai jamais vu une telle nuance dans le noir de ses yeux. Son regard est comme aimanté sur ma personne. Et je dois avouer, jamais je ne me suis sentie aussi belle que là, au beau milieu de la mer Égée, et surtout dans ses prunelles. Je ne suis pas en reste et j'admire son corps d'Apollon parfaitement sculpté. Je me mords la lèvre inférieure pour tenter de réfréner le bouillonnement qui a pris possession tant de mes entrailles que de mon esprit. N'y pouvant plus, je me redresse et prends les commandes. Je ne suis plus la fille orpheline d'un milliardaire, il n'est plus le fils de celui qui m'a tout volé, nous sommes deux feux incandescents qui nous retrouvons afin de n'en former plus qu'un. Mon audace me surprend moi-même, mais n'avais-je pas dit que je reprenais le contrôle de ma vie ?! Loin des paparazzis et des mondains, nous prenons le temps de nous découvrir, de nous explorer, de dévoiler cette part de nous qui n'a jamais fait surface.

C'est moi ou le temps s'est gâté et le soleil a fait place à l'orage ? La tempête qui se joue en nous est tellement forte qu'il est impossible que le monde ne la ressente pas. Pourtant le tangage n'est pas dû au déchainement de la mer, mais à celui de nos corps. Je perds la notion de temps et d'espace, et je m'en fiche. Je me raccroche à lui comme une naufragée à sa planche. Il est mon compas, ma boussole, mon tout. Une fois descendue des cieux dans lesquels il m'a projetée, je tente de reprendre mon souffle. Mais très vite, mes muscles peinent à me tenir. Avec une délicatesse que je ne lui connaissais pas, mon amant m'allonge pour que je puisse me laisser aller. Il reconquiert mon intimité pour mon plus grand plaisir et très vite je sens ses spasmes de délices se propager à toutes ses cellules.

Peu importe le moment de félicité partagé, la réalité retrouve toujours sa lourdeur. En levant l'ancre du bateau, c'est dans nos cœurs qu'elle est venue se loger. Silvio m'a donné un de ses t-shirts pour couvrir mes formes qu'il n'ose plus regarder. Ses yeux ont repris leur froideur et le voilà à la barre, peu enclin à discuter ou même à intégrer la panique qui me submerge à nouveau. Tel un chat, je reste sur mes gardes face à toute cette étendue d'eau. Les jambes relevées, les bras autour d'elles, la tête posée sur mes genoux et mes cheveux m'isolant du monde extérieur, je tente de contrôler au mieux ma respiration. L'avantage de la situation c'est qu'elle a coupé la rationalité de mon cerveau. Je ne pense à rien, je ne veux rien, je ne ressens rien, je ne suis plus rien.

Lorsque je sens le frottement de l'air s'alléger sur ma peau, je relève la tête et découvre ce lieu qui a hanté tous mes cauchemars depuis cinq ans. Mes yeux ne se sont jamais posés sur ces récifs, pourtant j'en reconnais la moindre escarpe : la baie de Kyriamadi. Comment ? Pourquoi ? Si mes connexions étaient coupées il y a encore quelques secondes, mon crâne me paraît maintenant trop petit pour contenir toutes les questions qui s'agitent dans ma tête.

– Ce que tu as l'air *sciocca*[9] quand tu réfléchis, me lance Silvio avec son accent chantant.

---

[9] Stupide, oui Silvio sait parler aux femmes !

Bon ok, la trêve entre nous est bel et bien terminée. Comment ai-je pu douter une seule seconde qu'il ait pu ressentir quelque chose d'humain ? J'ai été bien faible de me laisser aller à cette pulsion charnelle. Entre lui et moi, ça ne collera JAMAIS ! Son odeur sur moi me donne tout à coup envie de vomir. Pourtant mon estomac peut se retourner dans tous les sens, il est désespérément aussi vide que le cœur du capitaine de ce voilier de malheur. Mon visage doit dépeindre mon trouble intérieur car l'Italien se radoucit pour m'expliquer :

– Je sais que tu as fait une réservation pour un vol en hélicoptère pour survoler les lieux de l'accident. Il était évident que si tu étais en Crète au lieu d'être à Chambéry en train de préparer ton avenir, c'est que tu voulais une dernière fois les embrasser.

Je reste là, perplexe. Je crois que c'est la première fois qu'il montre une once d'empathie pour moi. Il coupe aussitôt mon fil de pensées en reprenant, le regard perdu dans le relief nous faisant face.

– Tu sais, ils me manquent à moi aussi. Célia était devenue comme une seconde maman depuis le décès de la mienne. Mais tu as rendu mon chagrin impossible en t'emmurant dans le tien.

Un long silence s'installe entre nous. Nos joues se salent peu à peu et les embruns ne sont pas les seuls responsables. Est-il possible de dépasser un tel drame, de se reconstruire ? Cela fait cinq ans que je me pose la question et je n'ai toujours pas trouvé la réponse. Une chose est sûre, elle n'est pas dans la solitude que je me suis imposée. Comment faire confiance après avoir été trahie par les personnes censées nous protéger ? Comment trouver son chemin quand notre univers est sens dessus dessous ? Les paroles de Silvio résonnent en moi. L'aurais-je mis de côté ? Non, c'est lui qui s'est imposé à la tête de la société de MON père et qui m'a évincé de MA vie. Il est le digne fils de SON père qui m'a toujours fait comprendre, ainsi qu'à ma mère, qu'une femme n'avait pas son mot à dire dans les affaires. Nous étions à peine bonnes à donner notre avis sur les nouveaux modèles de sac à main malgré le fait d'être le public visé. C'est bien connu, les femmes ne savent pas ce qui est bon pour elles. Encore heureux mon père savait nous valoriser. Je n'ai jamais compris comment lui et Sergio pouvaient être si bons amis.

Retournée par la vision qui se présente devant moi et toujours à jeun, je suis soudainement prise de vertige. Une nouvelle fois Silvio vient à ma rescousse et je me retrouve de nouveau dans ses bras. J'ai beau tout faire pour le contrôler, mon cœur s'emballe un peu plus face à notre proximité. Pourquoi faut-il que je sois encore amoureuse de lui ? Après toutes ces années sans le voir. Après toute ma haine emmagasinée ? Après tous mes plans pour mon futur, débarrassée de lui et de son toxique de père ? Je ne suis plus l'adolescente que j'étais. Mais il faut croire que les sentiments ne prennent pas d'âge. Ma tête sur sa poitrine, j'entends son cœur battre aussi vite que le mien. Je sens sa cage thoracique se soulever de manière erratique. Je ne comprends pas, son corps semble réagir à ma présence, pourtant il n'a été que glaçon depuis l'accident. Si j'avais cru voir le début d'une étincelle à plusieurs reprises, tout a changé en ce fatidique premier juillet 2017.

– Je suis désolé, lance-t-il tout d'un coup. Je sais que tu en veux à mon père, que tu m'en veux. Mais s'il te plait, regarde la vérité en face, une relation se construit ou se détruit à deux.

– Je te remercie pour tes excuses, mais ce n'est pas ça qui rétablira la vérité ou qui réchauffera nos rapports ! Je te déteste toi et tout ce que tu représentes !

– Tu détestes ce que je représente, je veux bien te croire, mais ne me dis pas que tu me détestes. Tu ne fais que nous blesser par ton mensonge.

Alors là si je m'attendais à ça :

De 1, je LUI fais mal.

De 2, il SAIT…

Mais non, je suis à peine en phase avec mes émotions alors que lui, il me balance ça tranquille Émile, à l'aise Blaise. Argh, je pourrais lui arracher la tête pour oser dire tout haut ce que je tente désespérément de me cacher.

– Je t'interdis d'utiliser mes sentiments contre moi. Je ne suis plus la gamine que tu as connue. Et tu oses me pointer du doigt, je n'y crois pas. Comment voulais-tu que j'accepte ton soutien alors que je n'avais pas mon mot à dire sur la manière de gérer mon deuil ? C'est toi qui m'as demandé de rester cachée, toi qui as fait que tous les journalistes du monde me recherchent comme un diamant brut, toi qui m'as fait passer pour une insensible, toi qui as accusé ma mère de meurtre ! Laisse-moi deviner, c'était pour le business ?!

– Oui, pour le business sur lequel tu craches avec tant de rage. Mais c'est grâce à lui que tu as des vêtements sur le dos, que tu as un toit sur la tête et le ventre plein[10]. Tu te crois seule dans cette histoire, mais mon père et moi avons aussi perdu une part de notre âme dans ce drame.

[10] Je lui dis ou pas que c'est tout sauf ça à l'instant t ?

5.

Je vais devoir tout lui dire. Je m'étais promis d'attendre demain, d'attendre son choix quant à l'avenir de *La Licorne*. Encore une fois, elle ne pense qu'à elle. Argh ! Ce qu'elle m'insupporte !!! C'est comme si depuis l'accident, tout n'était qu'une manière de la blesser encore et encore. Elle ne se rend pas compte des sacrifices et des concessions que j'ai dû faire pour la préserver. Pourquoi ? Parce que je l'aimais d'un amour sincère et innocent, presque fraternel. D'un amour si pur qu'elle l'a transformé en haine profonde avec son comportement égoïste. Si mon père est son parrain, sa mère était ma marraine. La perdre, c'était comme enterrer ma mère une nouvelle fois. J'aime mon père, enfin j'ai énormément de respect pour lui. Il s'est toujours tenu droit et loin de tout scandale dans le respect de son meilleur ami. Alors oui, il ne lui a apporté que l'argent de son héritage, mais il était surtout le pilier sur lequel pouvait se reposer Thomas pendant ses folies créatives. C'est mon père qui lui a dit de protéger sa famille du battage médiatique et de la pression qui allait avec. Mais elle ne retiendra de lui, de moi, que cette erreur.

Ce que je vais lui dire risque de la faire souffrir, bien plus que ses doutes. Je ne sais pas comment elle va réagir et si cela va influer sur sa décision de reprendre, vendre ou abandonner la société de son père. J'ai conscience que le choc sera tout aussi violent que celui d'il y a cinq ans. Je vérifie que le voilier est bien arrêté et stable avant de la soustraire à ce panorama qui ne lui apporte que de la souffrance. Je l'entraîne dans la cabine et lui serre d'emblée un verre de *grappa*[11]. Je dépose la bouteille sur la table, elle risque d'en avoir besoin. Moi je ne bois pas, un accident suffira. Pourtant cela m'aiderait bien pour accuser le coup de ce que je vais lui avouer.

— Tu veux tout savoir, alors voilà. Ce n'était effectivement pas ta mère qui était à la barre, tu as raison. Là où tu as tort, c'est que ce n'était pas non plus mon père, mais le tien.

Je la sens prête à s'insurger mais je m'impose avant elle.

— Laisse-moi finir s'il te plait avant de regimber. Je te laisserai tout le loisir de crier au scandale quand j'aurai terminé.

Elle accepte d'un léger mouvement de tête et me transperce du regard comme pour aller chercher elle-même les réponses.

— Si nous avons menti mon père et moi, oui c'est pour le business. C'est pour éviter de le

[11] Eau-de-vie de marc produite dans le nord de l'Italie. Un peu fort, mais tellement bon, surtout bien vieilli dans des futs de seconde main.

discréditer que nous avons fait ce choix. Ta mère était inconnue du public, elle ne risquait rien. Alors que ton père… Tu penses bien qu'il ne s'est pas hissé en haut de l'échelle sans quelques coups bas. Il était autant encensé par les médias que détesté par certains de ses pairs. Alors oui, le faire passer pour une victime permettait de sauver la société et donc de te laisser vivre comme la *principessa*[12] que tu es devenue.

Je réalise que j'ai débité mes mots sans reprendre ma respiration. J'inspire un grand coup avant de continuer.

— Thomas et mon père avaient bu, peut-être trop. Mais ils s'étaient mis en sécurité et ils fêtaient le partenariat avec Zolotas. Cette collaboration était une manière de se rapprocher des racines grecques de ma mère. Dans tous les cas, je devais devenir le vice-président à leur retour et c'était le cadeau de passation. Eh oui, ton parrain me laissait la place, ça t'en bouche un coin, si tu avais été moins égocentrée, tu aurais vu qu'il

---

12 Princesse

était malade. On lui a détecté il y a six ans un Alzheimer précoce et il a préféré partir avant de commettre un impair.

Je profère la dernière phrase comme un serpent crache son venin. Je la déteste tellement quand elle oublie les autres, alors que je ne connais personne avec un cœur aussi grand que le sien.

— Pour en revenir à l'accident, nos pères étaient en train de célébrer et d'évoquer leurs souvenirs avec Pia quand Célia a fait une crise d'angoisse. Tu sais aussi bien que moi qu'elles étaient sœurs mais de sangs différents. Comme toi tout à l'heure, elle a voulu s'enfuir en nageant vers la rive. Elle a dû avoir une crampe ou une crise de spasmophilie mais à mi-parcours, elle a appelé à l'aide. Ton père, malgré son état, a levé l'ancre pour la rejoindre avant de s'abîmer contre les récifs. Ce n'était qu'un accident. Un simple moment où la journée de rêve tourne au cauchemar. Personne n'est coupable ou innocent, ce ne sont que des victimes.

6.

À sa demande, je n'ai rien dit tout le long du boniment de Silvio. Comment puis-je croire, ne serait-ce qu'un instant, ces bêtises. Il me prend vraiment pour une cruche sans fond. Je reconnais avec peine, qu'au décès de ma "tante" Pia, ma mère est tombée dans une profonde dépression, mais elle a été suivie et petit à petit j'ai retrouvé ma mère comme avant. Enfin non, pas vraiment, si je suis honnête je dirais que ses yeux et son sourire ne brillaient plus autant. Mais trop heureuse de la voir reprendre goût à la vie, j'ai vite chassé ces impressions. Est-il possible que…

– Imaginons cinq minutes que je te croie, lui dis-je en essayant de rester le plus calme possible. Si je t'écoute, ma mère a refait une crise alors qu'elle n'en avait pas fait depuis plus de trois ans et que son psychiatre estimait qu'il était temps d'arrêter les antidépresseurs. C'est bien ça que tu essaies de me dire ?

Je continue sans lui laisser le temps de répondre, après tout moi non plus je n'ai pas eu mon mot à dire.

– Si j'arrive à hypothétiquement le concevoir, je ne peux pas admettre que mon père se soit comporté de manière aussi irréfléchie. Si l'amour rend aveugle, il ne rend pas bête.

– Et qu'aurait-il pu faire d'autre ?

Face à la sincérité de son regard, je suis prise de court et n'arrive plus à penser clairement. Il faut que je m'isole et il a la décence de respecter mon besoin de solitude sans essayer de me convaincre. Je sais qu'il n'a fait que déposer sa vérité, à moi maintenant de l'accepter, ou pas.

Je reprends une douche, encore une, je commence à me dire que j'aime trop l'eau, cependant ce n'est que lorsque je me barricade que j'arrive à laisser exploser mon cœur. Je pensais ne plus avoir de larmes, mais mon corps me surprendra toujours. Je reste de longues minutes à hurler et à intégrer les révélations sur mes parents. Je me suis accrochée tellement longtemps à ma haine et à mes certitudes que j'ai l'impression d'être une unijambiste à qui on a retiré sa béquille. Ce n'est que lorsque le débit se tarit, oups, que mon cœur réintègre mon corps. Après un séchage expéditif, je fouille éhontément dans les placards pour trouver un short de bain qui complètera le t-shirt qu'il m'a déjà donné.

Ainsi prête, je le rejoins sur le pont. Nous devons encore discuter de demain. Pendant que mes démons me rattrapaient dans la couchette, il était en train de me préparer un festin sur la terrasse. C'est définitif : avec lui, je ne sais jamais à quoi m'attendre. Il peut être chaud comme le vent d'autan ou froid comme le mistral, une seule constante : il me rend folle à lier. Je voudrais le remercier, mais aucun mot n'arrive à franchir mes lèvres. Je m'installe face à la mer et à ces roches qui ont arraché à jamais un pan de notre histoire commune. Il finit de rassembler les dernières gourmandises et s'installe dos à la crique. Silvio plonge alors son regard sombre dans le mien, il semblerait que lui aussi ait perdu sa faculté de s'exprimer. Il y a un fossé entre nous et avec la tempête que nous traversons, nous ne savons pas s'il est possible de construire un pont entre nos deux âmes ni combien de temps il résisterait. Seul le bruit des vagues s'écrasant sur la coque vient rompre le silence qui nous entoure. Ne pouvant soutenir plus longtemps la tentation, je commence à me servir. C'est peut-être mal élevé mais je n'ai rien mangé depuis hier soir et je n'ai pas lésiné sur le sport. Lorsque je déglutis ma première bouchée, je ne peux retenir un gémissement de délectation. Que c'est bon…

— À la base, je voulais que l'on déjeune

après s'être mis d'accord sur la gestion de La Licorne, mais disons que tout ne s'est pas vraiment passé comme prévu… Il est encore un peu tôt, mais vu il *baccano*[13] que faisait ton estomac, je me suis dit qu'il valait mieux s'y mettre avant que tu ne tournes cannibale. Et puis, avec tout ce que tu t'es excitée ce matin, tu le mérites, conclut-il.

Je suis prête à exploser quand je remarque son fameux demi-sourire. Il se joue de moi, et je ne marche pas, je cours. Je crois bien qu'il a raison, je ne suis qu'une gamine, surtout quand il est dans les parages. Je décide de rentrer dans son jeu :

– Eh oui monsieur, je suis sportive, je ne reste pas les fesses sur une chaise à longueur de journée. Crois-tu que la taille de guêpe se garde sans exercice ?

– C'est juste que je t'ai connue moins

---

[13] Boucan, vacarme, bref vous avez compris le concept, sa faim était aussi discrète qu'un enfant le matin de Noël.

sportive, mais tout aussi *bella*[14]. Partages-tu souvent tes séances ?

Je recrache la gorgée de thé glacé que je tentais de boire. J'en ai mis partout et lui reste de marbre. Dites-moi que je rêve. Il n'a pas dit ce que j'ai cru entendre, si ? Le plus étrange, c'est que je pourrais presque discerner une pointe de jalousie.

– Bien que cela ne te regarde pas, je préfère m'activer toute seule. Je n'ai jamais trouvé de partenaire capable de suivre mon rythme d'entraînement.

Je regrette aussitôt mes propos. Je suis en train de foncer tête baissée vers un sol très très mouvant, et je ne parle pas de l'eau nous entourant. Je sens le rouge me monter aux joues, mais je garde mes yeux ancrés dans les siens.

---

[14] On remercie Gims pour nous avoir si bien chanté sa traduction… Et ne me remerciez pas si je vous l'ai mis en tête "Mais quand je la vois danser le soir / J'aimerais devenir la chaise sur laquelle elle s'assoit / Ou moins que ça, un moins que rien / Juste une pierre sur son chemin"

— Tu as raison. Tu sais, il y a un proverbe français qui illustre parfaitement la situation : "mieux vaut être seul que mal accompagné". Moi aussi je suis très difficile avec mes partenaires, je ne prends jamais la première venue.

Oh là là, c'est moi ou il fait très chaud sur ce bateau tout à coup ? Je ne sais plus qui écouter entre mon cerveau qui refuse de voir les sous-entendus et mon cœur qui les prend pour des "Je te veux" – *je vous rassure, nous allons très bien*. Alors je souris comme une cruche. J'ai le corps en feu, tout ce que je désire, c'est parcourir les quelques centimètres qui nous séparent et travailler ensemble notre cardio. Mais je ne le fais pas. J'ai beau faire comme si de rien n'était, les épines de ses mots étreignent toujours mon âme. Je suis complètement folle de lui – *comment ça pas que ? Non mais euh, je ne vous permets pas* – mais je joue mon avenir si je cède. Après cinq années à errer dans les ténèbres, je commence enfin à entrapercevoir une étincelle, ce n'est pas pour plonger dans la noirceur de ses prunelles qui m'enflamment. Je sais que je vais casser le mood, mais je dois me protéger coûte que coûte :

— Comment va Sabrina ?

Je savais qu'il n'apprécierait pas, mais je ne pensais pas le voir ainsi dans la douleur. J'ai la preuve que mon démon a un cœur et plutôt que de me réjouir, je me dis que c'est moi qui suis *senza cuore*[15]. Je n'arrive toujours pas à comprendre comment cette gigolette a pu lui retourner le cerveau. Tout chez elle transpire l'arnaque, de son faux blond peroxydé à son auguste injecté[16] en passant par son langage aussi peu châtié qu'imagé. Bref, la soi-disant princesse des temps modernes. Alors que Silvio pourrait être le prince charmant de toutes les demoiselles, il choisit celle qui revend ses confidences sur l'oreiller.

---

15 Sans cœur. Bah vi, on parle pas des ex franchement. Faut tout lui apprendre à celle-là.

16 Auguste est un synonyme peu usité de derrière mais que j'aime beaucoup. Et mon cher et tendre m'a appris que pour faire de belles fesses rebondies on remplissait lesdites pêches d'acide hyaluronique. C'est donc un peu plus classe et correct que "son gros cul botoxé"

— Elle vit maintenant à Los Angeles avec Max Dunn - *notre ancienne égérie* -, me répond-il, entre ses dents.

Mais c'est qu'elle s'en sort bien la pintade ! D'abord, même s'il est loin d'être le couteau le plus fin du tiroir, je dois bien admettre que Max est plutôt pas mal foutu. Ensuite, Los Angeles, la ville des anges et des stars, tout ce qu'elle n'est pas. Enfin, le mec et le lieu de rêve réunis. Ça promet de belles photos de gallinacés. Bon, loin de moi l'idée de la jalouser hein, je préfèrerais toujours ma place à la sienne. Ce n'est pas donné d'être aussi gâtée par la vie quand même. Enfin, sauf intellectuellement bien sûr.

Devant son désarroi, je suis prise de court. Pourtant, je suis incapable de faire marche arrière. Alors je me tais et laisse planer la sale ambiance que j'ai installée tandis qu'il reste prostré dans son silence. Une fois le repas terminé, nous préparons, ensemble et sans un mot, le voilier afin de rentrer à Sitia. L'atmosphère électrique perdure le temps de la courte traversée. Je suis soulagée de voir le port se dessiner d'autant plus quand j'entends le moteur s'allumer, signe que mon bel Italien compte accoster à la marina. Je vais donc pouvoir rejoindre à pied mon hôtel. Le seul inconvénient c'est que je n'ai plus ma tenue de camouflage et que je commence à apercevoir les badauds. Plus il se rapproche, plus je sens l'agitation augmenter autant dans mon corps que sur les quais, à l'exception d'une femme qui nous regarde comme si elle nous attendait. Je me tourne vers Silvio, qui m'évite toujours, avant de reporter mon attention vers la terre ferme. Lorsque nous sommes assez proches, je reconnais l'hôtesse de ce matin avec dans ses mains ce qui ressemble à mes affaires abandonnées sur la plage. Afin de faciliter l'accostage, je descends avec la gaffe[17] pour aider à la manœuvre. Le bateau amarré, je récupère ma tenue de camouflage que j'enfile en vitesse tandis que l'employée m'indique une voiture qui me

[17] Non, non pas de faute, bien qu'elle en fasse régulièrement, cette fois-ci il s'agit d'une perche munie d'un croc et d'une pointe pour aider à l'accostage.

reconduira jusqu'à l'hôtel. Je monte à bord du véhicule et attends qu'elle en fasse de même, mais je la vois toujours près du navire en train de minauder devant un capitaine aussi fermé qu'une porte de prison. Je n'ai pas le temps de m'attarder plus longtemps sur ce spectacle que nous sommes en route. Il ne me faudra que quelques minutes pour rejoindre la sécurité de ma chambre et laisser enfin les mots s'imprégner en moi.

7.

Dans vingt-quatre heures, je dois décider de l'avenir de l'entreprise de mon père, face à dix actionnaires qui n'attendent qu'une seule chose depuis cinq ans : que je commette une erreur de manière à m'évincer complètement de ce monde qui me ressemble si peu. Avant l'accident, j'avais plein de projets en tête. Certains que j'avais partagés avec mon paternel, d'autres avec Silvio. L'amélioration continue étant au centre de la philosophie d'entreprise, j'avais su les convaincre et je pouvais compter sur leur soutien. Mais maintenant, je doute de tout. En suis-je vraiment capable ? Je crains de détruire ce que mon père a construit. Et surtout, puis-je toujours compter sur l'appui de mon partenaire ?

Sans même y penser, je m'attelle au rangement de ma chambre. J'ose enfin poser un œil objectif sur ma suite. Je ne pensais pas qu'il était possible de mettre un tel chaos en quinze jours dans trente-cinq mètres carrés. Le turinois a raison, c'est une honte et je suis bien contente d'avoir refusé le service d'étage pendant tout mon séjour. Si quelqu'un avait ne serait-ce qu'entre-aperçu l'état de mon antre, je ne sais pas si je pourrais encore supporter le poids de son regard. Pour l'Italien, c'est différent, d'un côté je suis presque contente qu'il ait été témoin. J'avais besoin qu'il réalise le mal qu'il m'a fait, ou que je nous ai fait, ou que l'on s'est fait… Bref, je suis toujours aussi perdue.

Je ne vois pas le temps défiler. Le plus étrange, c'est que je prends un certain plaisir à ranger mes différents vêtements, livres, bijoux, restes de repas. C'est comme si, en pliant mes bagages, je réorganisais mes idées et mes sentiments. Par contre, si le chaos m'environnant disparaît rapidement, je ne peux pas en dire autant pour mon esprit. Je stagne face aux choix que je dois faire. D'un côté, je ne veux plus jamais entendre parler des Massiano, de La Licorne et de tout ce qui touche de près ou de loin à la mode. J'aimerai ne plus être dépendante de la force et la stabilité que Silvio m'apporte. D'un autre, je veux récupérer mon droit et les faire sortir de ma vie une main devant, une main derrière. Sans compter que je ne veux plus vivre un seul jour sans croiser ces yeux ténébreux qui me font vibrer et dans lesquels je me vois si belle. Une fois l'ordre revenu tout autour de moi, je suis bien embêtée, je ne sais plus comment occuper mes pensées… J'hésite à ressortir ma liseuse de ma valise, mais j'ai fini mon roman hier et je ne suis pas vraiment en état pour décider d'une nouvelle lecture. Sentant ma peau tirailler sous mes doigts, je cherche mon pot de crème afin de m'offrir un petit moment de cocooning bien mérité. La douce caresse de mes mains s'accentue sur mes muscles lourdement sollicités ce matin. J'espère ainsi m'épargner quelques courbatures demain.

Étant consciencieuse et n'ayant que ça à faire, je tente tant bien que mal d'hydrater aussi ma croûte dorsale. Dans une position totalement improbable certes légèrement efficace, j'entends des coups retentir. Vous avez déjà vu un lapin pris dans les feux d'une voiture ? Bah je dois avoir l'air aussi surprise et apeurée. Pourtant je ne fais rien de mal. Je rassemble mes idées, et de la voix la plus ferme possible, je demande "Oui, c'est pour quoi ?". Purée, sur le coup, je me ferais presque peur.

– C'est moi, me répond cette voix qui habite mes nuits les plus chaudes. Tout va bien ? Généralement ton amabilité reflète ton état d'esprit.

Mais il me saoule à la fin. Pourquoi faut-il qu'il me décode aussi facilement ? Mon père avait l'habitude de dire que les femmes devaient être livrées avec un mode d'emploi pour que les pauvres hommes les côtoyant sachent une bonne fois pour toutes sur quel pied danser pour les soulager et les rendre heureuses. Aux dernières nouvelles, je n'ai jamais eu ce genre de manuel, sinon je l'aurais lu avec attention, cela m'aurait évité pas mal de moments gênants. Pourtant, je dois admettre, que cet Italien aux yeux de charbon sait toujours comment agir ou me parler. Même si ce n'est que pour me tourmenter. Je passe rapidement une serviette autour de moi et lui ouvre la porte.

— Bon vu que tu es là et que je m'énerve toute seule, tu veux bien m'appliquer ça ? lui dis-je d'autorité en lui calant mon tube dans les mains.

Face à sa tête de merlan frit[18], je le fais entrer et nous isole du monde qui tourne.

— Bah alors, j'ai coupé la chique au grand Silvio Massiano ? Tu devrais fermer la bouche, tu vas avaler un moustique !

— Mais, mais, mais… que t'arrive-t-il ? Je

18 Oui normalement on ne parle que des yeux, mais là, le pauvre est tellement choqué que ça s'est propagé sur tout son visage.

t'ai connue plus pudique, se reprend-t-il. Est-ce une manière détournée de m'inviter à une nouvelle séance de sport ? ajoute-t-il avec un œil lubrique.

– Nan mais t'es pas possible toi. T'es en manque ou quoi ? T'as pas un peu fini avec tes sautes d'humeur ? T'es pire que la météo du mois de mars ! C'est juste que je ne parviens pas à me mettre cet onguent magique sur mon verso. Va comprendre, ma morphologie n'est pas adaptée alors que la tienne… Et puis quitte à être là et avant que tu ne m'accables encore de mille mots, autant que tu me procures un peu de bien-être.

La prime du plus beau double sens est attribuée à … moi. Franchement, je me fatigue toute seule. Je comprends mieux pourquoi j'évite les gens. Je ne sais pas avoir une conversation normale avec les humains qui m'entourent. Je vais prendre un chat. C'est bien un chat, ça ne parle pas et ça ne pige rien. Je crois que mon Turinois est aussi choqué que moi par ce revirement de situation. Je dois avouer que je ne me reconnais pas moi-même. Et je m'en fiche car cela fait un bien fou de dire et faire ce que l'on veut. Je pense qu'à un moment, il faudra que je remette un peu de réflexion dans ma vie, mais s'il me reste un jour de liberté, je ne veux pas le gâcher. Sans plus attendre, je m'allonge sur le lit et fais en sorte de dégager mon dos. Je ne vais pas non plus me mettre nue face à lui. S'il en voulait plus, il ne fallait pas faire l'huître tout à l'heure.

Lorsque ses chaudes paumes glissent sur mon épiderme, je sens la crème fondre aussi vite que ma fierté. Il ne faut pas que je me laisse prendre au piège de mes propres hormones. J'admets que cela faisait longtemps que je n'avais pas partagé une aussi bonne partie de jambes en l'air, mais si je craque, ce n'est pas que mon cœur qui risque de se rompre. Alors je me concentre sur ma respiration pour la contraindre à une régularité artificielle. Et vu la tendresse des caresses qui me dorlotent, je pense ne pas être la seule au bord de la rupture. Pourtant, et trop rapidement à mon goût, ces effleurements envoûtants cessent. Les mouvements du matelas m'indiquent que mon fantasme prend fin ici. Un raclement de gorge finit de me ramener à la réalité.

— Est-ce que tu peux être sérieuse cinq minutes maintenant ? Ou comptes-tu rester *una bambina*[19] ? me dit-il.

Je me relève tant bien que mal, tentant de garder le peu de dignité qu'il semble vouloir me voler à chaque fois que je le laisse s'approcher de moi. Il faudrait que je retienne la leçon. Cependant, je sais très bien qu'à la moindre occasion je retomberai dans ses filets. À moins que je ne coupe définitivement les ponts.

— Peux-tu t'habiller, s'il te plait ? J'aimerais te ramener au siège et tu n'es pas vraiment sortable.

— Dis-le de suite si mon corps te dérange. Purée, mais t'es bipolaire ma parole, y'a pas cinq minutes tu me déshabillais du regard et là, le moindre bout de peau t'offusque.

---

[19] On ne peut pas lui retirer le fait qu'elle fait un peu sa salle gosse non…

Je cherche de quoi être plus "présentable" quand mon cerveau capte enfin toutes les nuances de ses paroles :

– Comment ça tu veux me ramener ? Merci bien, mais je n'ai pas besoin de toi. J'ai mon vol cette nuit. Ne t'inquiète pas je serai à l'heure pour rencontrer les culs pincés.

– J'ai annulé ton vol, tu rentres en jet avec moi. Je veux qu'on travaille notre discours de demain. Je ne veux pas de surprise et encore moins de remous. Je n'ai pas donné cinq années de ma vie pour voir mon travail réduit en poussière par une…

– Par une quoi, hein ? Une gamine, tu l'as déjà dit, une capricieuse, pareil. Il faut te renouveler mon pauvre. Tu es bien le fils de ton père après tout. "Je veux", "Moi, je", "je", "je", "je". T'es-tu demandé trente secondes ce que je voulais moi ? Ce dont j'avais besoin ? Ce qui s'était passé pour moi ? Le pire, je te connais, c'est que tu as essayé, mais tu t'es laissé influencer par les propos des autres. C'était bien plus simple que de voir la vérité en face. Tu savais que tu m'abandonnais, mais tu as préféré te donner bonne conscience.

Un silence lourd et pesant s'installe dans cette chambre bien trop étroite pour nos deux egos blessés. Je sais que je ne suis pas non plus totalement juste avec lui. Je me doute que se retrouver seul aux rênes de La Licorne du jour au lendemain n'a pas dû être qu'une balade dominicale. D'un côté, je le remercie d'avoir donné ce second souffle à tous les sacrifices de ma famille, mais jamais je ne pourrai lui pardonner les choix qu'il a faits pour moi. La discussion est close, quitte à me traiter mentalement de tous les noms, autant lui fournir un bon prétexte. Je retourne à mes valises, non pas parce qu'il l'a exigé, mais parce que dans tous les cas je rentre à la maison cette nuit.

"À la maison", ce doit être la première fois en cinq ans que je considère ainsi le domaine qui m'a vu grandir. Depuis le décès de mes parents et le harcèlement médiatique dont j'ai été victime, je ne me sens à ma place nulle part. J'ai bien tenté, cette dernière année, de parcourir le monde, de trouver de nouveaux paysages où poser mes bagages. Mais seule, cet univers froid et en perdition me fait peur. Derrière chaque merveille naturelle, chaque panorama à couper le souffle, je ne vois qu'une chose de plus qui sera détruite par l'Homme. C'est bien plus que ma famille que j'ai perdue dans cette histoire, c'est ma foi dans la vie. Il est grand temps que je me reprenne avant de plonger complètement dans le mélo. J'ose espérer que, libérée de mes chaînes, je retrouverai l'enthousiasme.

Une nouvelle fois, les minutes se sont succédé alors que mes pensées avaient suspendu leur cours. Quand je reprends mes esprits, Silvio n'est plus dans la chambre. Mon cœur se serre, comment en sommes-nous arrivés là ? Nous étions si proches plus jeunes. Il était ce grand frère que je n'ai jamais eu. Enfin, jusqu'à l'adolescence où mes hormones ont décidé de venir compliquer un peu la donne. Les années sont passées, une certaine distance ou un certain respect s'est mis en place, mais nous étions toujours là l'un pour l'autre quand nos paternels respectifs nous tapaient sur le système. Il m'encourageait à suivre ma voie dans les études et à monter un dossier d'une nouvelle gamme plus écologique à présenter à mon père. Aujourd'hui, nous ne pouvons pas rester cinq minutes dans la même pièce sans avoir envie de nous étriper, tandis que le reste du temps, je n'aspire qu'à éliminer ses vêtements. Je le traitais de bipolaire, mais au final, c'est moi qui ne sais pas comment gérer mes sentiments. Si nos routes doivent se séparer demain, il faut que ce soit sereinement, ou je ne pourrai pas aller de l'avant.

Alors à contrecœur, mais persuadée de faire le bon choix, j'appelle à nouveau le Spa et me confonds en excuses lorsque j'annule mon rendez-vous. Au moins, elles n'auront pas à faire d'heures supplémentaires pour ma petite personne. Je joins par la suite la réception pour leur demander de me commander un taxi. Mon partenaire me prend de court une nouvelle fois, il a en effet laissé son chauffeur afin qu'il me conduise à l'aéroport. Je trouve l'attention à la fois touchante et infantilisante. Comment pouvait-il être sûr que je changerais d'avis ? Suis-je à ce point prévisible, ou bien n'est-ce qu'une marque supplémentaire de son ego démesuré ? Encore une fois ma dichotomie me tue. J'imagine facilement ma photo en illustration du mot indécise dans le dictionnaire. Étant partie pour lui faire confiance, je décide de voir dans ce geste uniquement une marque de générosité. Je finis de rassembler autant mes esprits que mes affaires et rejoins la voiture qui m'attend. Perdue dans mes pensées, je ne vois pas la route défiler et bientôt me voilà à l'aérodrome de Sitia. L'avantage quand on a un nom, c'est que les formalités administratives vont beaucoup plus vite. J'ai à peine le temps de commander un pisse-mémé[20] que je dois monter à

---

20 Défi-mot facebook. Lors de l'écriture j'avais laissé la possibilité à mes followers de m'imposer un mot. Celui-ci, assez simple à caser, me fut souffler par ma Naninette. Si vous ne connaissez pas encore Nanie Bai, je vous laisse découvrir ses univers. Y'en a pour tous les goûts (https://www.amazon.fr/Nanie-Bai/e/B09LJFWTQC).

Et pour ceux qui ne connaissent pas, c'est une tisane, une infusion, une eau chaude à boire qui assurément vous entrainera au petit coin avant la fin du livre.

bord. Je remercie la serveuse qui a eu la gentillesse de me le préparer dans un gobelet à emporter.

Lorsque les réacteurs se mettent à vrombir, mon regard ne peut se décoller du hublot me jouxtant. Je veux imprimer sur ma rétine jusqu'au plus petit grain de poussière de ce dernier espace de réelle liberté. Quoi qu'il arrive demain, c'est en Crête que ma vie aura pris des tournants aussi radicaux que douloureux. Une fois dans les nuages, j'essuie une larme solitaire qui s'est échappée de mon cœur. Je remarque que Silvio s'est installé face à moi. Il devait être dans le bureau à l'arrière afin de travailler encore et toujours sur le dernier dossier chaud de la société. Ses iris noirs me transpercent et me voilà prise au piège. Je voudrais lutter, ne serait-ce qu'un peu, mais cela m'est émotionnellement impossible. Je peux me voiler la face autant que je veux, mais notre rapprochement sur son voilier m'a totalement réduite à une boule de passion. Je n'arrive même plus à le détester — *l'ai-je vraiment haï un jour ?* — et je suis lasse de me battre. Je vais peut-être ruiner ma seule chance de partager le véritable amour, mais je dois me sortir de cette inclination adolescente.

– Silvio…

– Laisse-moi parler encore une fois *per favore*[21]. La journée a été intense autant pour toi que pour moi. Je voudrais que tu lises cette proposition en entier avant de protester. Je te laisse tranquille et retourne au fond, j'ai Anthony qui attend depuis hier que j'étudie les ventes de notre dernière collaboration avec Klein.

Je n'ai même pas le temps de reprendre ma respiration, qu'il repart sans m'accorder un regard de plus. Je découvre une épaisse pochette qu'il a déposée sur la tablette. J'aurais bien besoin des trois heures de vol pour me résigner à ses conditions. J'aurais aimé avoir la force de me battre, mais je dois admettre que je ne survivrai jamais seule dans cet univers de requins. Je suis maintenant prête à tout lui céder pour me sortir de cette vie. Mais avant tout, je pense avoir le droit de

---

[21] S'il vous plaîîîîîîîîîîîîîît

m'octroyer un petit calmant pour mes nerfs soumis à rude épreuve depuis ce matin. Je me lève et me dirige vers le mini bar. Je vois que le Turinois a pensé à tout lorsque je découvre une mignonette de *Bruadar*. Un *Glencairn* et quelques pierres à whisky plus tard[22], me voilà de nouveau sur mon siège prête à encaisser les extravagances du transalpin.

---

[22] Voilà la combinaison parfaite pour profiter de tous les arômes de cette sublime liqueur écossaise à base de whisky et de miel. Le Glencairn est le nom officiel du verre en forme de tulipe dans lequel nos copains outre-manche dégustent leurs eaux-de-vie (du Nord hein, avec les rosbeefs sudistes c'est toujours la guerre). Tandis que les pierres, conservées au congélateur, permettent d'apporter de la fraicheur sans ajouter d'eau (sacrilège de mettre des glaçons dedans, ça dilue)

8.

Je dois avouer que je ne vois pas les kilomètres engloutis, plongée dans les termes légaux de l'accord que me propose le PDG par intérim. Nous avons déjà atterri depuis plusieurs minutes quand Silvio me sort de l'assimilation de ma lecture. J'ai mille questions à lui poser, mais c'est comme si mon esprit refusait de mettre les mots dans l'ordre, alors je m'abstiens. De toute manière, j'ai l'impression qu'il fuit mon regard. Ce mec est vraiment un mystère impénétrable. Je rassemble le dossier, et le suis sur le tarmac. Après quinze jours à me dorer l'épiderme en Crête, la température à cette altitude me frigorifie sur place. Je presse le pas pour rejoindre la voiture qui nous attend. Je m'avance vers Claude, mais c'est seule que je rejoins le chauffeur de mon père. Alors que je l'interroge du regard, il me répond qu'il est obligé de rejoindre son père à Turin mais me promet de ne pas tarder. Je vais donc me taper deux heures de route avec cette armoire à glace au visage peu avenant. Pfff, je sens que ça va être long.

Pourtant, je découvre que converser avec le quinquagénaire est assez facile et je lui découvre un fin humour que je n'avais jamais pris le temps de connaître. Une preuve une nouvelle fois que les apparences peuvent être trompeuses. J'apprends beaucoup de choses sur mes parents. Il faut dire que pour bien paraître, mon père l'avait engagé très tôt dans l'histoire de *La Licorne*, avant même de pouvoir se sortir un salaire. Alors comment vous dire que des anecdotes, il en a à la pelle. J'aurais supposé qu'entendre les aventures de mes parents serait douloureux, pourtant le récit de leurs pérégrinations est un baume sur mes blessures. J'ai l'impression qu'ils sont avec moi dans cette voiture sillonnant autant l'histoire que la route. Et puis, il faut avouer que les paysages familiers me bercent dans une nostalgie emplie de chaleur. Comme tout enfant, je pouvais parfois trouver qu'ils étaient injustes et qu'ils m'empêchaient de grandir comme je le voulais, pourtant, même dans les pires moments de l'adolescence, j'ai toujours été persuadée au plus profond de moi de leur amour et du fait que je pouvais toujours compter sur eux. Plus nous discutons et plus j'ai cette étrange sensation que Claude essaie de me faire passer un message.

Mon cœur s'emballe lorsque je reconnais le barrage du Chevril. J'ai passé tellement de temps à imaginer ma vie loin de ces montagnes. Je voulais descendre sur Lyon, la ville des tisserands, et créer une collection hybride avec de la soie, la matière préférée de ma mère. Aujourd'hui, je comprends les raisons qui ont poussé mon père à garder le siège de sa société dans sa ville natale. Nos racines nous permettent de puiser la force pour étendre notre ramure et résister aux intempéries de la vie. Aujourd'hui, et pour la première fois depuis bien longtemps, j'ai vraiment l'impression de rentrer chez moi. Tignes est vraiment une belle ville, vivante, en été comme en hiver. J'avais oublié les reflets irisés dont le lac se nimbe lorsque les rayons du soleil viennent s'y plonger. Le réservoir disparaît au détour d'un virage qui me permet de découvrir la silhouette ancestrale de la bâtisse dans laquelle est né mon grand-père et qui accueille aujourd'hui les bureaux administratifs de *La Licorne*, le reste étant dans nos usines pour un management de proximité. Un peu plus loin sur la droite, derrière quelques conifères qui ont vu la ville en contrebas se construire, bien à l'abri des regards de tous, un autre chalet, plus moderne et luxueux, s'accroche à la falaise.

Claude se gare au niveau du parking de la direction et m'informe qu'il se chargera de monter mes valises. Comme ma mère l'avait souhaité, afin de conserver notre intimité, aucune voiture ne peut arriver jusque chez nous. C'est donc à pied que je franchis les derniers mètres, mettant fin à cinq années d'errance. Si je voulais arriver discrètement, c'est raté. À peine ai-je passé la porte que je me retrouve les fesses au sol, autant à rire qu'à crier, car un samoyède de 25 kilos a décidé de refaire ma toilette. Je ne crois n'avoir jamais été aussi propre qu'aujourd'hui.

– Kinder ! Assise ! hurle une voix.

Mais rien n'y fait. Ma chienne ne me laissera pas entrer tant que je ne serai pas complètement recouverte de son odeur. Alors j'abdique et m'allonge de manière à lui laisser le champ libre. Quand elle commence à se calmer, je me venge en l'attrapant par l'encolure et en l'obligeant à se coucher avec moi. Je sais qu'elle déteste ça. C'est un esprit libre qui refuse la contrainte. Mais il faut croire que je lui ai vraiment manqué car elle me laisse lui faire le plus gros câlin du monde. Sa chaleur se transfère de cœur à cœur, peu importe si je n'arrive plus à respirer sans avaler des poils.

L'amour des animaux est le plus pur.

— Bon vous avez fini toutes les deux ? Ça se voit que ce n'est pas l'une de vous qui va ramasser la toison perdue dans votre bataille. Allez debout, un peu de tenue.

Je lève les yeux vers Ana, ma nounou, qui tente autant qu'elle le peut d'avoir l'air sévère. Mais ce n'est pas facile lorsqu'on est la gentillesse incarnée. Derrière son regard faussement choqué, je retrouve sa joie et sa fierté. Je délaisse ma grosse peluche, qui couine, mécontente, pour me relever et faire la seconde plus grosse embrassade de tous les temps. Dans ses bras, toute la pression accumulée peut enfin s'échapper. D'abord au compte-goutte, mes larmes finissent en torrent et je m'étrangle dans mes sanglots. Contre moi, je la sens partager ma peine. Je crois que j'ai pleuré plus en une seule journée que depuis mon premier cri. Pour autant, je n'essaie pas d'échapper à mes émotions. Je ne me suis jamais cachée de ma gouvernante et ce n'est pas maintenant que je vais commencer. Ses tremblements font écho aux miens et je suis certaine qu'elle ne s'est pas autorisée à faire son deuil avant que le mien ne soit fait. À force de jappements, Kinder nous force à reprendre contenance.

– Ça fait du bien de te voir dans ces murs. Tu es partie depuis trop longtemps. As-tu mangé au moins ? ajoute ma gouvernante en me regardant sous toutes les coutures. Tu es encore plus maigre qu'un haricot à la fin de l'été – *oui je vous l'accorde, elle a des expressions très imagées*.

– Oui, Nana, je sais prendre soin de moi, tu m'as bien éduquée. Et je ne suis pas plus maigre, juste plus musclée. J'ai beaucoup nagé ces dernières années. Mais il n'empêche que je mangerais avec joie les *gnocchi al gorgonzola*[23] que tu m'as préparé. Il n'y a pas de meilleur repas, sauf peut-être tes pizzas. Ne prends pas cet air

---

[23] Non je ne vous ferai pas l'affront, tous les mots sont passés à l'identique en français. Mais j'en profite pour vous faire un coucou. Tout se passe bien ? La lecture vous plaît ? Je vous jure que j'ai tout fait pour écrire un livre léger, mais ils ne m'ont pas laissé le choix. Pfff… Martyrisée par mes propres personnages.

innocent. Je sais très bien que Silvio t'a prévenue. Je sais très bien que tu me cuisines toujours ta recette secrète de gnocchi quand je rentre de voyage.

– Bah, faut bien que je te donne un peu de formes si je veux te marier décemment. Raconte-moi, as-tu croisé un Roméo dans tes voyages ou n'as-tu rencontré que des compteurs de pâquerettes[24] ?

Et là je me sens trahie au plus haut point quand Kinder jappe comme pour appuyer la question de ma nourrice. Avant que ces deux demoiselles ne voient le rouge me monter aux yeux, je me dirige vers la cuisine. Après tout, si j'en crois les cadrans au fond de l'entrée, il est l'heure de manger à Londres, Paris et c'est presque l'heure de prendre le goûter à New York. Après cette

---

[24] La crise de rire en bêta-lecture sur cette expression. Ne cherchez pas, elle est fait-ma-tête. J'avais dans l'idée le fait de compter les pétales de fleurs en mode : "je t'aime, un peu, beaucoup, passionnément, à la folie". Une autre avec l'image de conter "fleurette". Bref, nous en avons passé du temps à débattre de l'orthographe.

journée riche en rebondissements, ce n'est plus une faim de loup que j'ai, on se rapproche plus de l'ogre. En arrivant dans ce temps gustatif, mon cœur rate un battement. Je crois que Silvio veut vraiment que je les signe ses papiers !

Devant moi se trouve Soléline, ma meilleure amie depuis toujours. Enfin, jusqu'au décès de mes parents et mon enfermement dans ma douleur. Je me souviens de notre dernier échange, les reproches et méchancetés ont plus volé que les mots d'amour. Mais la voir là, devant moi, se tordant les doigts, je ressens ses regrets comme les miens pour cette dispute aussi futile que puérile. J'ai l'impression pendant quelques secondes de pouvoir regarder la scène d'un point de vue extérieur. À cet instant, je suis frappée par une réalisation : la perte de mes parents sera toujours une souffrance, mais ce n'est pas pour cela que je n'ai plus de famille. Le sang est peut-être un lien incassable, mais le cœur est capable de faire des nœuds tout aussi solides. La bienveillance d'Ana et de Sol à l'égard de mes erreurs, mes mauvais chemins empruntés, sont le meilleur soutien possible. Je prends mon amie dans les bras et je lâche le peu de tension restante. Aucun mot n'est nécessaire, il en a toujours été ainsi. Nos esprits sont comme liés.

– Tu vois tu t'es trompée, me dit Ana, je ne t'ai pas préparé de gnocchis. Je commence à connaître vos habitudes à toutes les deux, alors vous avez tout ce qu'il faut au four. Sur ce, je vous laisse entre jeunes, la vieille carne que je suis à besoin de se reposer.

Je quitte les bras de Sol pour retourner dans ceux de ma nounou et lui claque un gros bisou bien bruyant sur la joue.

– Merci Nana…, soufflé-je.

J'aimerais pouvoir lui dévoiler tellement plus, mais je sais qu'elle comprend tout le poids de mon amour et de mes regrets dans ces deux mots. Je la raccompagne jusqu'à la porte de l'appartement aménagé pour elle au rez-de-chaussée. Avant de me quitter, elle me glisse à l'oreille qu'il est temps que je rattrape ma jeunesse perdue et de ne plus laisser l'amour sortir de ma vie. Je suis clouée devant ce conseil, pas si innocent au vu du clin d'œil qu'elle me lance en fermant sa porte. Je n'ai pas le temps de m'appesantir sur la question, j'entends un bouchon sauter. Sol a dû trouver le *prosecco* ! Le *Mojito Reale* n'attend pas. Il est largement temps de commencer cette soirée de folie. Je rejoins mon amie et lui demande, plus par principe que par politesse, le film qu'elle souhaite regarder ce soir. Sans surprise aucune, je l'entends me répondre "*Dirty Danciiiiiing. Nobody puts Baby in the corner*[25]".

Je pense qu'il n'y a pas meilleure soirée que se retrouver entre copines à se gaver de pizza, glaces et autres gourmandises, le tout arrosé du meilleur cocktail a*rhum*atisé, devant THE comédie musicale romantique : un classique d'un autre

---

[25] Tout le monde connaît cette réplique culte : "on laisse pas bébé dans un coin". Bah maintenant, vous la connaitrez aussi en VO. Traduction littérale : "personne ne met bébé dans un coin". Moi je trouve qu'il a encore plus la classe Johnny avec cette phrase.

temps, un bad boy au corps de rêve, une fille qui s'émancipe et qui en a dans la tête, de la musique qui colle à la peau, et des danses plus que suggestives ! Bien évidemment nous l'avons déjà vu une multitude de fois, d'abord en français puis en VO (le meilleur investissement de ma vie), et nous ne pouvons-nous empêcher de refaire les dialogues et autres chorégraphies. Le film nous permet de retrouver notre complicité d'antan, mais je sais très bien que nous devrons mettre les choses à plat un de ces quatre. En attendant, je profite de l'instant de félicité et essaie de ne pas penser au retour de Silvio. Avec lui, c'est sûr, notre discussion ne pourra pas attendre plus longtemps.

Lorsque la projection se termine, Sol et moi sommes encore complètement perchées. Nous voilà dans un énième débat pour savoir si Frances[26] et Johnny vont arriver à dépasser le stade d'amour de vacances ou si leurs passions vont les amener valser ailleurs. À la fois pour et contre,

---

[26] Bah oui tant qu'à faire, j'ai le prénom VO aussi, Frédérique en français.

nous énonçons nos arguments d'une logique somme toute personnelle et nous pouffons encore plus fort de nos idées loufoques. Je n'entends pas la porte s'ouvrir, pourtant au détour d'un fou rire je me retrouve aimantée par deux perles d'hématite. Comme un soufflé qui a reposé trop longtemps, l'ambiance retombe aussitôt. Je suis perdue dans le regard de mon bel Italien. Il a l'air tellement las, les ombres sous ses paupières menacent de le dévorer entièrement. Depuis combien de temps n'a-t-il pas pris du temps pour lui, pour se reposer, se ressourcer ? Et depuis quand est-ce que cela m'importe ? J'avais pourtant décidé de tout laisser derrière moi, mais il détient un magnétisme trop fort qui me ramène toujours à lui.

9.

Cette fille va me rendre fou et je ne sais pas comment me sortir de l'impasse dans laquelle j'ai foncé, tout seul, comme un grand. Je dois lui faire comprendre ce qu'elle représente pour moi. Je dois lui faire entendre le bien-fondé de mon plan. Je dois lui offrir tout ce que Thomas a préparé pour elle. Si seulement elle pouvait se laisser faire au lieu de lutter comme une diablesse. Je suis déjà content d'être parvenu à la ramener chez elle et de lui avoir offert une soirée hors du temps avec Soléline. J'espère qu'en la replongeant dans son passé, elle acceptera d'embrasser son futur.

Lorsque je suis arrivé, je n'ai pu qu'apprécier l'insouciance de son rire chantant. Au vu de l'éclat de ses joues, les deux amies n'ont pas dû être très raisonnables sur les cocktails. Cela devrait m'inquiéter pour la discussion à venir, mais je ne peux que savourer tant de naturel et de beauté.

D'un coup nos pupilles s'arriment et le monde autour disparaît comme à chaque fois. Les gloussements cessent et je ressens comme une vague de mise en garde de la part de Sol. Elle est ravie que je lui ai ramené sa copine, mais j'ai conscience qu'elle ne me permettra pas de la laisser fuir une nouvelle fois. Je n'ai qu'à bien me tenir, si je ne veux pas subir la vengeance d'une blonde. Je ris intérieurement de ma blague. J'aimerais dire quelque chose, alléger l'atmosphère, mais les mots restent bloqués. J'essaie de lire dans ses prunelles, art que je maîtrisais jadis. Toutefois il faut bien admettre que j'ai perdu toutes mes compétences. Si je me laissais y croire, je pourrais y déceler une certaine joie de me retrouver, et peut-être même une pointe de désir – *merci les mojitos, plus certain de la simplicité de notre conversation à venir*.

Cependant, mon droit à l'erreur frôlant le zéro absolu, je ne peux pas me céder à de telles envolées.

Égale à elle-même, Sol brise le charme et fait tout un foin au sujet de son départ. Elle précise qu'elle reviendra le lendemain pour l'éternel banquet après l'Assemblée Générale. Sur le ton de la rigolade, elle nous incite à ne rien faire qu'elle ne ferait pas – *soit pas grand-chose*. Cependant, le regard qu'elle me lance ne laisse que peu de doute sur ma pénitence si je venais à commettre la moindre erreur. Je laisse ma belle la raccompagner tandis que je commence à débarrasser les restes de leur soirée – *c'est définitif, je suis complètement fou*. Je déteste le bazar, jamais je n'ai rangé à la place des autres, chacun est responsable de ses propres affaires. Les rires qui me parviennent de l'entrée me rassurent quant à la légèreté qui les habite malgré mon irruption.

— Bon l'Italien, cesse de tourner autour du pot et viens-en au fait !, me fait mon adorable fugueuse. Tu m'as voulue, me voilà ! Je te préviens, j'ai fermé la porte à clef, tu ne sortiras pas de cette maison sans qu'on se soit expliqués tous les deux, mon coco.

On peut dire qu'elle a l'art et la manière de lancer les conversations. Au moins, pas de faux-semblant ni d'hésitation, je crois qu'il est l'heure de tout miser. Je pose ce que j'avais dans les mains et nous prépare deux expressos afin de survivre à la nuit qui nous attend.

— Ok, commence par me dire ce que tu as pensé du dossier que je t'ai fourni ?

Si elle veut y aller direct, je ne vais pas non plus tout lui fournir sur un plateau d'argent. Elle ne s'en rend peut-être pas compte, mais elle a tout autant à dire que moi, à la différence que, moi, j'ai eu le temps de me préparer à tous ses arguments

10.

Ok, telle est prise qui croyait prendre. Moi qui pensais le surprendre voire le faire reculer une nouvelle fois, je me vois maintenant contrainte d'avancer sur ce terrain plus que glissant. Mais je garde la tête haute, plus vite l'histoire sera réglée, plus vite je pourrai passer à autre chose. Je lui demande de me suivre jusqu'au bureau où Claude a déposé mes affaires et nous commençons ensemble une relecture du dossier qu'il m'a fourni dans l'avion. Je dois avouer que le bougre est plutôt doué quand il s'agit de rédaction contractuelle, il y a très peu de points à revoir. Même si j'avoue ne pas avoir bien défini ce que cache une telle offre, j'ai l'impression qu'il me fait une fleur que je ne mérite pas. Je ne veux être redevable de personne, encore moins de lui. Notre relation est assez ambigüe comme ça – *en tout cas pour moi* – pour ne pas lui être encore plus assujettie.

Pourtant, tant ses paroles que ces actes reflètent la sincérité de sa proposition et nous arrivons rapidement à trouver un terrain d'entente. Il m'envoie la copie digitale que je modifie au fur et à mesure, pendant qu'il continue de faire couler le café. La fatigue se fait sentir, mais l'excitation de toucher un rêve du doigt me donne des ailes. Il est presque trois heures du matin lorsque nous sommes enfin d'accord sur chaque mot, chaque virgule, chaque alinéa. Il ne reste plus qu'à le présenter aux actionnaires demain, ou plutôt tout à l'heure, et voir comment ils réagissent. En soi, leur validation n'est que formalité étant donné que nous possédons à nous deux plus de la moitié des parts de la société. Mais mon père tenait ces hommes et ces femmes en grande estime, alors nous nous devons de leur permettre de s'exprimer sur ce sujet.

Je suis fière de moi, fière de nous. Nous sommes arrivés à mettre de côté plusieurs années de ressentiment pour construire un avenir à La Licorne. Je ne sais pas si nous faisons le bon choix, mais en tout cas nous y croyons tous les deux et je peux vous dire que c'est agréable de ne pas se sentir seule face au monde. Je devrais aller me coucher pour être fraîche pour la réunion, mais je n'arrive pas à m'y résoudre. D'une certaine manière, je n'ai aucune envie que cette journée se termine. Si l'aspect professionnel de notre vie semble maintenant sur des rails, je n'arrive pas à occulter notre balade en bateau, que ce soit notre alchimie ou les révélations qu'il a pu me faire sur ma mère.

– Silvio, je pensais à ce que tu m'as dit sur le bateau tout à l'heure. Je n'ai pas su réagir sur le moment, je ne pouvais pas te croire. C'était comme si je vivais à nouveau le drame. J'admets que tes propos faisaient sens, pourtant je n'arrivais pas à dépasser les cinq ans d'amertume enfouis. J'avais besoin d'un coupable et ton père semblait tout désigné. En rapportant les souvenirs de Sergio, tu m'ôtais mon bouc-émissaire sans effacer la douleur. Je ne savais plus quoi faire de ma colère.

J'expire longuement afin de chasser les pensées noires qui m'envahissent. Je me plonge dans les yeux de mon partenaire pour y puiser la force de continuer et apprécier le fait qu'il me laisse m'exprimer sans tenter de m'interrompre.

– Il a fallu que je digère, repris-je. Que je pense à autre chose pour que tout fasse sens. Je sais que ma mère n'allait pas bien depuis le décès de la tienne. Papa et moi avons tout fait pour lui redonner le sourire alors que nous avions le sentiment qu'elle se refusait de vivre heureuse sans Carolina. Pourtant ne n'arrive pas envisager qu'elle se soit mise en danger. Tu es sûr d'avoir toutes les informations correctes ? Je ne veux pas me prendre la tête avec toi, mais ce ne serait pas la première fois que ton père détourne la vérité pour qu'elle lui soit plus favorable.

— Je sais que mon père est loin d'être un enfant de chœur et son mode de pensée ne m'est pas étranger. Il en aurait été capable, je te l'accorde. Mais tu sais aussi bien que moi que toutes ses actions, louables ou pas, étaient là uniquement pour servir les intérêts de La Licorne. Si nous ne comprenons pas comment nos pères, deux hommes si différents, ont pu devenir amis, nous ne pouvons nier le lien qui les unissait au-delà des affaires.

— Justement, je ne comprends pas pourquoi il n'en a pas profité pour asseoir encore plus son pouvoir sur la société.

— *Papà*[27] est un requin lorsqu'il s'agit du business, mais il n'a jamais eu ni la fibre, ni la liberté d'esprit nécessaire à la création de nouvelles collections saison après saison. Seul, il

---

[27] Avec un accent, ça sent tout de suite la pizza (cliché, qui moi ?)

est incapable de faire perdurer l'entreprise.

Silvio me laisse digérer ses propos et un article de presse me revient en tête. Quand la compagnie a commencé à faire le tour des podiums, Sergio avait été interrogé en tant que représentant de La Licorne. Il avait levé tout de suite le doute quant à son rôle dans la société que son meilleur ami avait fondée, avouant que son implication n'était que financière.

– Je sais que ça ne le dédouane pas, mais il a toujours tout fait pour aider ta famille, reprend-il. Tu ne l'as jamais porté dans ton cœur et j'admets qu'avec toi, il ne s'est pas toujours bien comporté. Il était peut-être un homme d'affaires intraitable et un ami loyal pour Thomas, toutefois il a ses défauts comme tout le monde. Il n'a pas évolué sur la place de la femme et bien que je ne cautionne pas, son comportement t'a offert une formation de première classe sur les réflexions misogynes qui sont encore trop monnaie courante.

Son badinage aura au moins le mérite de me

faire sourire. Même si j'ai eu plusieurs preuves de son amitié pour mon père et de son efficacité commerciale, je n'ai jamais pu supporter mon parrain. Je n'arrive pas à comprendre comment un macho pareil a pu donner un fils si bien éduqué, surtout après le décès prématuré de sa femme. Je crois que l'homme sous-estime l'impact des femmes sur leur entourage, et dans le cas présent, la nounou de Silvio, qui n'est autre que la sœur de ma Nana. Posée comme ça, ça fait vraiment consanguin cette histoire.

— Tu sais, depuis l'accident, non même avant, depuis son diagnostic d'Alzheimer, mon père n'est plus le même. Il sait que son époque est révolue, et il a fait son possible pour me préparer à l'avenir. La mort de ton père l'a profondément meurtri, même si tu ne le crois pas. Moi je le vois. Pour ce qui est de ta mère, je conçois qu'il te soit difficile de penser du mal d'elle mais regarde-toi. Je t'ai vu sauter du bateau ce matin alors que tu n'étais pas du tout en état. Tu as failli te noyer tout ça parce que tu ne voulais ni m'écouter ni naviguer. Tu es la fille de ta mère et tu le sais. Vous avez toutes les deux les nerfs à fleur de peau et la moindre étincelle peut allumer le feu dans vos cœurs.

J'avoue que son argument fait mouche. Je me suis comportée comme une enfant ce matin, ou hier matin, cette journée à rallonge aura ma peau. Et j'ai conscience que ma mère pouvait aussi s'enflammer, autant dans la joie que dans la colère. Je ne l'imagine pas se mettre en danger. En même temps, je n'ai pas non plus voulu me mettre en danger ce matin.

— Je sais que c'est difficile à admettre, mais ce n'est qu'un accident, un banal accident comme il en arrive à tellement de gens, tout le temps. Ce n'est pas la fortune ou la reconnaissance qui nous protège du sort. Une seule seconde, un faux-pas au mauvais moment, c'est tout ce qu'il a fallu pour que tout s'enchaîne. Aussi douloureux que cela puisse être, mon père m'a convaincu de la sincérité et véracité de ses souvenirs.

C'est trop difficile, je n'arrive pas à réaliser. Je ne veux pas. Cela fait cinq ans que je cherche à comprendre comment une chose pareille a pu arriver. Comment trois experts de la voile ont-ils pu perdre la vie dans un accident de navigation ? Pourquoi étaient-ils alcoolisés et en mouvement ? Et surtout, pourquoi ma mère n'avait-elle pas été retrouvée avec mon père et Sergio ? Le pire étant que la confession de Silvio est tout à fait entendable et réaliste. Si je suis totalement honnête, si j'en veux autant au *padre*[28] de mon bel Italien, ce n'est pas tant pour l'accident mais bien parce qu'il a survécu. Je suis dépassée et saturée par mes émotions.

J'ai besoin d'air, j'ai besoin de me perdre quelques instants dans l'infinité de la nuit afin de rassembler mon univers. Je me dirige vers la fenêtre, mais c'en est trop pour mon corps et je me sens défaillir. Comme sur le bateau, je me retrouve en sécurité au creux des bras de mon Turinois

---

[28] Après le papa, le père, je vous offre du vocabulaire, ne me remerciez pas

préféré. Au final, je n'ai besoin d'aller nulle part, car il est là, et même si cela n'arrange rien, il est mon tout. J'ancre mon regard au sien et j'essaie désespérément de lui transmettre tout ce que j'éprouve pour lui. Je serais bien incapable de le dire à haute voix. Mes pensées sont vite interrompues par deux lèvres charnues se déposant sur les miennes. Si je n'avais pas totalement perdu pied, c'est chose faite maintenant. Le monde entier peut s'écrouler, plus rien ne compte.

Les minutes qui suivent sont aussi intenses que formidables. Libérés de toutes pensées, nos corps prennent le contrôle pour s'abandonner au plus vieux langage du monde. Nos gestes, d'abord tendres et caressants, prennent une nouvelle intensité lorsque nous ne faisons plus qu'un. Ses râles doublés de mes gémissements nous envoient aussi haut que le ciel avant de redescendre dans une plénitude unique. Bercée par les endorphines, le sommeil me cueille quelques minutes me permettant de recharger quelque peu les batteries.

Lorsque j'ouvre les yeux, Silvio est en train de finaliser les derniers points avant la réunion de ce matin. Il a changé de tenue et vu les arômes qui me charment, je dirais qu'il a même pris une douche. Ne dort-il donc jamais ? Je sais qu'il faut que je m'active, mais je ne peux m'empêcher de le contempler. Bien évidemment, je finis par être prise en flagrant délit. Son regard n'est que tendresse. J'ai l'impression de retrouver le vrai Silvio. S'il continue à m'admirer ainsi, je ne suis pas sûre de résister au feu qui semble reprendre au sein de mes entrailles.

– *Mia dolce*[29], nous n'avons pas le temps pour ce que tu as en tête. Je ne voudrais pas t'affoler mais les actionnaires seront là dans une heure trente. J'ai une visio avec Anthony et M. Veen de Klein dans dix minutes, je te propose d'en profiter pour prendre une douche et nous déjeunerons ensemble avant de descendre au

---

[29] Ma douce. Comme quoi quand il veut, il sait comment donner des palpitations.

siège.

Oh mon dieu, je craque, je m'enraye, je disjoncte. J'ai le droit à un surnom tout mignon. Qui est cet homme et qu'a-t-il fait de mon impassible Italien ? Et surtout, comment fait-il pour penser au travail et avoir les méninges prêtes à une réunion aussi matinale qu'importante ? Je devrais être vexée d'être ainsi congédiée, mais tout dans son implication me montre que ce n'est qu'une manière de prendre soin de moi. Je le laisse donc s'affairer tandis que je me dirige vers ma chambre à l'étage. En passant devant celle de mes parents, qui n'a pas changé d'un iota depuis leur disparition, je décide d'aller piocher dans le vestiaire de ma mère. Je prends aussi l'une des montres de mon père. J'ai besoin de les avoir avec moi. Je referme la porte en me promettant d'y revenir faire un tri bientôt. Ce n'est pas en conservant cette pièce tel un mausolée qu'ils vont revenir.

Arrivée dans mes appartements, je me prépare avec le plus grand soin. Je suis aussi efficace que consciencieuse. Après avoir tant douté et redouté ce jour, aujourd'hui tout me paraît limpide. Mon reflet dans le miroir me laisse coite. Je ressemble tellement à ma mère, avec le regard déterminé et fier de mon père. Malgré ces similitudes, il y a ce je-ne-sais-quoi qui me définit moi et personne d'autre. Je rejoins Silvio au rez-de-chaussée en espérant qu'il aura terminé sa réunion car je meurs de faim. Lorsque je pénètre dans la cuisine, il est en grande discussion avec Ana pour tenter, en vain, de découvrir une nouvelle fois l'ingrédient secret de ses pancakes.

Je ne sais pas comment réagir face à lui. Il y a quelques heures nous passions un moment des plus intimes et nous voilà de nouveau face à face sauf que cette fois-ci nous avons un public qui n'en perd pas une miette. Silvio et moi n'avons rien fixé, aucune promesse, je ne sais même pas ce qu'il pense de tout ça. Nous ne pouvons renier l'attirance entre nous. Deux séances d'acrobaties en moins de vingt-quatre heures impliquent forcément une certaine affinité, seulement nous ne sommes plus des enfants pour qui un baiser était plus fort qu'une bague de fiançailles. Me voilà perdue dans mes pensées telle une adolescente. Je me donnerais bien des claques, mais je serais à nouveau prise pour une folle.

— *Mia dolce*, sors de tes rêves. Tout va bien se passer. Le dossier est en béton, ils ne peuvent que nous soutenir. Et puis s'ils ne sont pas contents, je saurai les convaincre.

Ces quelques mots me rassurent au plus haut point. Certes, pas pour les raisons qu'il évoque, car je n'ai jamais été aussi confiante face à un projet, mais parce que ce surnom prononcé devant ma Nana signifie que je n'ai pas rêvé. Peu importe le nom qu'on lui donnera, notre lien est réel. Du coin de l'œil, je vois ma nounou qui jubile. Elle n'est ni sourde ni aveugle. Je sens que je vais avoir le droit à un interrogatoire en bonne et due forme la prochaine fois que nous serons seules. Sur ces entrefaites, j'entame mon petit déjeuner royal préparé avec soin par Ana. Ce qui est sûr, c'est que je ne ferai pas d'hypoglycémie ce matin. Je craindrais bien le coup de fatigue de la digestion si je n'étais pas aussi excitée.

La sonnerie du téléphone de Silvio nous ramène à la réalité. Dans quinze minutes, la réunion la plus importante de ma vie débute et les actionnaires doivent déjà commencer à arriver au niveau du bâtiment administratif.

– Silvio, je te laisse aller les accueillir, je rassemble le dossier que nous avons laissé dans le bureau, dis-je en rougissant.

Je m'éclipse, honteuse du peu de familiarité que j'ai mis dans mes propos. J'espère qu'il ne le prendra pas personnellement, mais j'ai peur de trop en dévoiler si je devais l'appeler tel que je le fais dans mes pensées. Je récupère les dernières feuilles, dont certaines se sont envolées loin du bureau - *hum hum* - et tente de sortir discrètement de la maison pour éviter le regard mutin de ma gouvernante. Peine perdue, à peine arrivée dans le hall, la voici qui m'interpelle.

– N'oublie pas le thermos de café, tu sais

comme ils raffolent du café maison. Si j'ai bien compris, toi et Silvio avez quelque chose de TRÈS important à leur soumettre, me dit-elle avec un sourire en coin.

D'une tape familière, elle me met dehors. Encore une fois, je réalise la chance que j'ai d'avoir grandi avec un tel panorama. Je ne peux réprimer un frisson. Bien que nous soyons le premier juillet, le climat montagnard reste frais, surtout comparé aux températures grecques. Je me dépêche de rejoindre le premier chalet afin de ne pas totalement me refroidir et surtout ne pas être en retard. Je remarque qu'une nouvelle assistante de direction a remplacé Catherine qui a dû partir à la retraite lors de mon voyage. Je la salue, me faisant une note mentale de faire plus ample connaissance plus tard. Lorsque je m'apprête à entrer dans la salle de réunion, celle-ci m'interrompt et me dit que l'accès est interdit pour le moment. Elle me précise que la conférence n'aura pas lieu avant onze heures trente et me propose gentiment d'aller m'occuper de mes affaires ailleurs plutôt que de jouer les mêle-brins. Je dois avouer que son côté rottweiler me séduit, elle a clairement les intentions de la société à cœur, même si pour le moment j'en fais les frais. Je m'apprête à lui dévoiler mon identité, quand Silvio me coupe l'herbe sous le pied.

— Ah Clémence vous êtes là, merci de préparer s'il vous plaît un plateau avec des tasses. Ne vous embêtez pas avec le café, je vois que Mlle Dupaintre a ramené celui d'Ana.

Puis se tournant vers moi :

— Nous n'attendions plus que toi, si tu as le moindre doute, c'est le moment.

Je le rassure en prenant sa main.

— Prête si tu es prêt[30].

---

[30] Si vous avez la ref, contactez-vous sur les RS ou par mail eidole.lpl@gmail.com

11.

Avant de rentrer dans la salle, mon bel Italien me retient pour me susurrer à l'oreille qu'il a hâte de reprendre le travail avec moi. Il est suant[31] quand même. Nous avons la plus importante de nos réunions là, juste dans trente secondes, et il faut qu'il me mette encore dans tous mes états. J'inspire un grand coup pour reprendre contenance et rejoindre les actionnaires. Quand je

---

[31] C'est mon petit mot pour éviter d'être vulgaire devant mon 5 ans. Remplacez 's' par 'ch' et vous verrez ^^.

vois les regards se lever sur moi, je me dis que les choses ne seront peut-être pas aussi simples que nous le pensions. Si la position de mon père quant à l'anonymat de sa famille est connue de tous, ma désertion de l'année dernière ne joue pas du tout en ma faveur. Je vois que le vote de confiance est loin d'être gagné. Je m'apprête à prendre la parole mais les mots se bloquent dans ma gorge. Silvio vient à ma rescousse.

—Bonjour et bienvenue à tous pour ce conseil d'administration extraordinaire. Aujourd'hui cela fait cinq ans que M. Dupaintre, Thomas, nous a quittés. Et comme vous le savez, il avait prévu ce délai de réflexion pour que sa fille, ici présente, décide de l'avenir de La Licorne.

À la mention de mon père, j'entends des respirations se couper et je vois des yeux s'embuer. Bien que je n'en eusse aucun doute, c'est étrangement agréable de voir l'estime que pouvait porter ces gens à mon paternel. Les regards se concentrent sur moi, et même si le PDG par intérim a lancé la réunion, c'est maintenant à mon tour de prendre le relais, dans tous les sens du terme. Je réalise que malgré la difficulté du voyage, toutes les épreuves et tous mes choix m'ont entraînée ici. Rassérénée, je pose la main sur l'avant-bras de mon voisin afin de reprendre.

— Je sais que beaucoup n'ont pas compris mon attitude et mon flagrant manque d'intérêt, en particulier au cours de la dernière année. Je ne vous ferai pas l'affront de vous inventer tout un tas d'excuses. Je crois bien n'en avoir aucune de valable. Je sais que je n'ai pas été à la hauteur des attentes. Je peux prétexter ma jeunesse, mon deuil, ma peur. Mais rien ne peut excuser mon manque de confiance, pas en moi, mais en vous et en M. Massiano qui avez démontré, collection après collection, à quel point vous chérissez cette société. Vous avez tous été des appuis sur lequel mon défunt père a pu compter. Vous méritez votre place à cette table. Aujourd'hui, c'est moi qui ai besoin de vous, je vous demande humblement de m'excuser et de m'accorder une autre chance.

Je laisse un peu le temps à tous d'intégrer

mes paroles et leur sincérité. Je remarque à la périphérie de mon regard mon Turinois préféré incliner la tête pour m'inciter à continuer.

– Je ne vais pas vous mentir, à la base je souhaitais me présenter face à vous dans le but de dissoudre la société et ne plus jamais entendre parler de luxe et de mode. Mais Silvio a su trouver les mots pour me faire réviser mon jugement. Nous avons convenu ensemble d'un accord qui, nous en sommes convaincus, saura s'inscrire dans la continuité des actions de nos pères. Nous souhaitons vous proposer par vote la validation de ce projet avec une abstention de notre part, ce qui vous laisserait émettre un jugement non dénigré par notre majorité. Silvio et moi avons décidé que je lui revendrai 3% des parts de la société, ce qui nous permettrait d'être égaux en terme décisionnaire. Il restera le représentant de l'entreprise, il a les compétences, l'aval des pairs et votre confiance depuis cinq ans. De mon côté, je reprendrai la partie développement. Je ne souhaite pas révolutionner l'élaboration de nos modèles, juste être de plus en plus regardante quant au *sourcing* de nos matières premières, sans augmenter drastiquement nos prix de vente. Je pense que nous faisons assez de bénéfices pour en absorber la grande partie. Pour le reste, le logo à La Licorne et sa réputation seront nos précieux atouts. Enfin, nous avons dans l'optique d'ouvrir les discussions avec les fabricants italiens de similicuir végétal afin de lancer une nouvelle collection végan d'ici cinq ans.

Voilà la bombe est lancée, je connais très bien les neuf actionnaires devant moi, je les côtoie depuis mon plus jeune âge. Je sais que certains sont très conservateurs et très frileux quant aux évolutions. Mon père s'appuyait beaucoup sur eux lorsqu'il avait une nouvelle idée et qu'il avait besoin de la présenter aux contre-arguments. Jamais ils ne l'ont empêché d'aller au bout d'un projet. J'espère qu'en ayant Silvio à mes côtés, servant de lien de continuité, il en sera de même pour moi. Après quelques secondes qui leur permettent de bien prendre en compte les différents impacts de ma déclaration, les réactions commencent à fuser. Sans surprise, certains sont ouvertement outrés par une telle proposition, arguant de mon incapacité à porter un tel poids sur mes frêles épaules, mon instabilité à l'image de celle de ma mère, mon irresponsabilité étant donné que je préfère partir au bout de monde plutôt que d'assumer mon rôle et bien-sûr ma condition de femme qui me laisse désarmée dans cet univers où les nerfs d'acier sont de rigueur. Bien que préparée à ne pas remporter l'unanimité, je ne m'attendais pas à autant de virulence. M. Martin quitte même la salle durant de très longues minutes. Je suis néanmoins agréablement surprise par certains soutiens que je peux recevoir. Je ne me serais jamais imaginée avoir un jour l'aval de Mme Blanchard qui m'a toujours regardée comme si j'étais une fiente sur sa chaussure.

Silvio et moi répondons à toutes leurs questions en leur présentant le business plan et le rétro-planning que nous avons préparé. J'apprécie que mon bel Italien insiste sur ma participation active dans la construction de la proposition alors qu'en vrai, notre travail dessus hier soir ne représente qu'un pouillème de celui qu'il a fait pour monter le dossier dans un premier temps. Petit à petit, je sens bien que nos arguments commencent à faire mouche. Nous sommes peut-être encore jeunes mais pas plus que Sergio et mon père quand ils ont monté La Licorne. Le retour de M. Martin jette un nouveau froid dans la réunion, mais nous maintenons nos positions. Bien que je connaisse les détails depuis moins de vingt-quatre heures, mon associé s'est appuyé sur les différents rêves que nous avions lorsque nous étions encore insouciants. Mais pas complètement hors de propos puisque nous sommes arrivés sans trop de difficulté à équilibrer le budget de ma collection 100% végétale : Yggdrasil. Bien que le nom ne convainque pas, c'est un des rares points sur lequel je serai inflexible ! Je ne l'ai pas choisi au hasard. Il s'agit de l'arbre de vie dans la mythologie nordique. En plus de rester dans la terminologie fantastique, le fait de choisir un arbre représente parfaitement l'idéologie de la collection. Si l'on ajoute que cela se traduit littéralement par "destrier d'Odin", je pense qu'on ne peut pas mieux trouver.

Au bout de deux heures, je pense que nous avons répondu à toutes les questions, exposé le moindre aspect du projet. Personnellement, cela fait déjà un moment que j'ai l'impression de me répéter. Silvio et moi les laissons avec Clémence pendant qu'ils procèdent au vote. Si j'étais sereine avant d'entamer la réunion, ce n'est plus le cas maintenant. Je ne tiens pas en place et j'ai l'impression de trembler de toute part. Peut-être n'aurais-je pas dû abuser de la caféine. Silvio tente vainement de m'instiller sa confiance et son calme. Il finit par m'attirer dans son bureau pour me prendre dans ses bras. L'effet est immédiat. Je retrouve un souffle normal et un raisonnement posé.

— Merci, murmuré-je.

Derrière ce simple mot, il y avait bien sûr

mes remerciements pour arriver si bien à me calmer, mais aussi toute ma reconnaissance pour ce qu'il avait fait pour moi. Il aurait très bien pu profiter de ma disparition pour asseoir son pouvoir, mais il n'a fait que préparer ma venue, je m'en rends enfin compte. Lui qui n'a jamais cinq minutes à lui, ne serait-ce que pour faire une nuit complète, il a traversé l'Europe pour venir me chercher. Il a pris une journée juste pour moi à la veille d'une journée décisive pour m'offrir bien plus que je ne méritais. Il m'a tout simplement rendu ma vie.

– *Mia dolce,* si tu es calmée, peux-tu t'éloigner quelque peu ? Pas que je n'aime pas sentir ton souffle sur mon buste, bien au contraire. C'est juste que je vais finir par ne plus être présentable face aux regards scrutateurs des actionnaires, chuchote-t-il à mon oreille.

Il conclut sa phrase par un innocent baiser sur le front mais qui pourtant m'enflamme. Ok, ce n'est pas le moment de se pencher davantage sur les idées qui commencent à affluer en nombre dans mon esprit. À contrecœur, je recule de quelques pas tout en gardant mon regard ancré dans le sien pour ne pas replonger, sa main emprisonnant encore la mienne. Bien trop vite à mon goût, des coups à la porte nous ramènent à la réalité. L'assistante nous informe que les actionnaires ont pris une décision. J'essaie de lire sur son visage un quelconque message, mais trop honteuse de ne pas m'avoir reconnue plus tôt, elle fait tout pour m'éviter. L'ambiance de la salle de réunion est plus détendue que quand nous l'avons quittée. Pourtant je sais ne pas m'y fier, car au final nous sommes tous plus détendus lorsque nous avons fait notre choix.

Les minutes qui suivent sont très stressantes. En tant que principal porteur d'action, M. Martin prend tout son temps pour nous établir les différentes règles à respecter si notre motion venait à remporter la majorité, en particulier des cours privés d'économie pour moi qu'il se fera une joie de me dispenser – *j'en tremble déjà.* Après avoir imposé toutes ces conditions, il nous informe que notre projet est soutenu par la majorité. Il appuie bien sur le fait que l'unanimité n'a pas été atteinte et que nous serons donc surveillés de très près afin de rassurer les parts restantes. Pour faire court, il m'a à l'œil et je vais devoir montrer patte blanche si je veux que les prochaines assemblées soient moins mouvementées. La séance est levée et les différents membres quittent la salle petit à petit. Silvio et moi n'avons guère le temps de fêter cette première victoire. En effet, d'ici quelques minutes nous devrons prendre la parole devant les journalistes. Mon bel associé m'a en effet convaincue de m'exprimer ouvertement et le plus rapidement possible afin de maîtriser les propos qui seront diffusés dans la presse. Après mes différents déboires avec les paparazzis, je dois avouer que je suis agréablement surprise des échanges qui se déroulent. C'est vraiment plaisant de discuter avec des gens qui connaissent leur sujet et qui ne sont pas juste là pour se faire de l'argent sur notre dos, avec un minimum d'éthique et de volonté d'informer les gens. Je ne suis pas stupide, je sais que ce n'est qu'un acte et que je serai scrutée sous toutes les coutures à partir de maintenant. C'est pour ça que Silvio fera la plupart des apparitions publiques le temps que j'apprenne à m'armer et à utiliser la presse à mon avantage.

12.

Il est midi trente lorsque nous annonçons la fin des questions. Nous avons eu de la chance, trop heureux d'avoir autant de nouveautés à se mettre sous la dent, les journalistes sont restés assez loin des sujets douloureux. Mais je sais très bien que ce n'est que partie remise. Cette matinée m'a lessivée et je suis bien contente d'en avoir terminé. Je laisse partir en avance Silvio afin de m'offrir une petite pause nécessaire après la quantité de café ingurgité. Je me passe un peu d'eau sur la nuque pour faire redescendre ma tension puis je rejoins le chalet principal afin de participer au cocktail qui suit toujours les assemblées générales. Cela fait des années que je n'y participe plus et je suis contente de retrouver certaines connaissances. J'avais oublié à quel point ces rassemblements peuvent donner de l'urticaire à Ana. La gouvernante tient la demeure dans un état irréprochable, tout en s'occupant de tous les repas. Alors bien évidemment, que son domaine soit envahi par des prestataires si peu précautionneux la dépasse. Ces rassemblements pouvant réunir jusqu'à cent personnes, et ne voulant pas lui imposer une surcharge de travail, mon père avait imposé un traiteur et cette décision était restée, preuve en est de la volonté du PDG par intérim de s'inscrire dans la continuité. Ma nounou m'intercepte avant que je ne rejoigne la salle de réception.

— Silvio t'a fait monter une tenue moins formelle dans ta chambre. Allez, va vite te transformer ma princesse. Mets-leur en plein la vue à ces rabat-joie. Silvio m'a dit que M. Martin avait, comme à son habitude, imposé un peu plus sa présence. Ne te laisse pas abattre, si tu veux, je connais quelques secrets qui devraient t'acheter la paix, conclut-elle en pouffant.

Intriguée, je monte les marches quatre à quatre. Qu'a pu encore imaginer mon associé ? Lorsque j'arrive dans ma chambre, je découvre une housse noire griffée par l'un de nos plus prestigieux partenaires. Je n'ose imaginer le prix de la robe. Même si je n'ai pas à me plaindre de ce côté-là, j'ai toujours été raisonnable. Encore une leçon que je tiens de mes parents : "la valeur d'une personne se calcule à ses actes et non à sa garde-robe". Et n'ayant jamais accompagné mon père aux cérémonies officielles, je crois n'avoir jamais été vêtue d'un tel luxe. Je dézippe précautionneusement le fourreau. La beauté de l'ensemble me coupe le souffle. Il s'agit d'une combinaison noire avec un pantalon en soie et un haut en dentelle surpiquée d'un fil parme de la même couleur que la ceinture jupe en mousseline. L'ensemble est éblouissant. Les deux matières et les deux couleurs préférées de mes parents. Je suis persuadée qu'il s'agit d'un modèle sur-mesure, la coïncidence est trop forte. Avec attention, je change de tenue. Mon reflet dans le miroir me coupe le souffle. Je suis resplendissante. Je lâche mes cheveux pour ajouter du naturel et peaufine mon maquillage. Je ne suis pas du genre à m'envoyer des fleurs, mais en cet instant, je me trouve juste "parfaite".

Vérifiant l'heure, je remarque que les aiguilles ont poursuivi leur cours sans m'attendre, je me hâte de rejoindre les actionnaires, leurs familles et les quelques VIP qui partagent ces moments. Sergio a mis en place ce raout pour correspondre aux valeurs familiales Dupaintre tout en lui offrant une vitrine mondaine et élitiste. Je ne sais pas comment avait fait mon parrain, mais malgré ces rassemblements, jamais nos identités à ma mère et moi n'a jamais fuité jusqu'à l'année dernière. Il n'existe pas plus grand protecteur des femmes qu'un phallocrate de la pire espèce. Le silence se fait et tous les yeux se braquent sur moi alors que j'entre dans la pièce. Je me sens vraiment mal à l'aise au centre de toutes les attentions. Je savais que je ne passerais pas inaperçue, mais je ne m'attendais pas à me retrouver ainsi épiée. L'eau fuit ma bouche pour venir suinter au niveau de mes mains. Je suis incapable d'avancer plus. Me voyant complètement paralysée, Silvio avance vers moi, mais avant qu'il ne puisse me rejoindre une furie m'exfiltre de cette situation délicate. J'ai juste le temps d'apercevoir les regards intrigués des invités que je me retrouve dans la cuisine.

– Alors Madame la PDG, on fait sa timide, ricane Soléline.

– Non mais j'y crois pas. Tu m'aides ou tu te moques de moi ?

– Depuis quand on ne peut plus lier l'utile à l'agréable.

Nos éclats de rire remplissent bientôt la pièce et les serveurs nous regardent interloqués, ce qui redouble nos gloussements. Je pourrais me venger bien évidemment, des dizaines d'années d'amitié laissent toujours quelques dossiers brûlants dans les tiroirs. Mais je vais être magnanime et malgré ces taquineries, je vais me concentrer sur l'échappatoire qu'elle m'a offert.

— Argh, je déteste être au centre de l'attention. Normalement j'arrive toujours dans les premiers, je me cale dans un coin et j'attends que tu me rejoignes. Mais non, il a fallu que l'autre Apollon du coin me fasse livrer une nouvelle tenue, le temps de me changer je suis bien évidement la dernière ! J'aurais dû n'en faire qu'à ma tête et rester avec mon tailleur et …

Je n'ai pas le temps de finir que Sol me colle d'autorité une coupe de crémant de Savoie dans la main.

— Premièrement, ton petit surnom n'est pas tombé dans l'oreille d'une sourde. Compte sur moi pour en reparler plus tard. Deuxièmement, tu es tout simplement splendide. Et troisièmement, je sais que tu n'aimes pas être sur le devant de la scène, mais ton partenaire est juste génial.

C'est bien son style de noyer le poisson avec des compliments, mais je suis bouche bée, je pensais qu'elle compatirait un peu. Je vide ma flûte d'une traite - *ouch, ça pique la gorge* - et lui jette un regard noir.

— Tranquille Émile, pas la peine de me faire ces yeux-là et écoute-moi. Tu portes les couleurs et les matières préférées de tes parents, je sais que tu as fait le rapprochement. Alors oui "à cause" de ton changement vestimentaire, tu es arrivée la dernière, mais ainsi tout le monde a pu voir en toi la digne descendante de tes parents. Personne n'a pu rater ton arrivée. Et si tu n'avais pas manqué de t'évanouir tu aurais reçu les félicitations qui te sont dues. Si tu réfléchis quelques secondes dans le calme, ne penses-tu pas qu'il n'y a rien de mieux pour asseoir ta légitimité ?

Je crois que je me suis décroché la mâchoire. Mon cerveau carbure à fond les ballons pour intégrer tout ce que Sol m'a dit. L'évidence de ses propos me frappe. Encore une fois mon bel Italien a agi avec toute la réflexion que je lui connais tout en gardant mes intérêts à cœur. Nous sommes maintenant partenaires, je dois lui faire confiance. Digne fils de Sergio, il est passé maître en l'art de la représentation. Je dois prendre sur moi et ne pas laisser le moindre doute transpirer sinon je donnerais à tous mes détracteurs un pouvoir sur moi. De son côté, ma blonde préférée n'a manqué aucune de mes mimiques. Je sens qu'après ses révélations, ça va être à moi de jouer cartes sur table…

— Bon, j'avoue que ce n'est pas cool de ma part de profiter de ton état de faiblesse, ajoute-t-elle avec un clin d'œil. Mais si je ne te pose pas la question maintenant, je sais très bien que tu vas te défiler. Il se passe quoi entre Sylvio et toi ? La dernière fois que je t'ai vue, tu ne supportais pas ne serait-ce que d'être dans la même pièce que lui, et hier, il y avait tellement de tension sexuelle entre vous que je crois bien avoir ovulé. Alors, vas-y accouche, fais-moi un peu rêver.

Ah oui, elle n'y va pas par quatre chemins. Mais c'est comme ça que je l'aime. J'ai du mal à croire qu'on soit resté plus d'une année sans s'adresser la parole. Je suis vraiment une tête de mule doublée d'un baudet. Je la prends dans mes bras et l'embrasse.

—Je veux bien tout te raconter, mais d'abord tu dois le dire, murmuré-je avec un sourire narquois.

Je suis gentille, mais, j'ai bien le droit de la secouer un peu, non ? Elle me regarde hébétée. Je crois que cette fois-ci c'est moi qui lui en bouche un coin. Je la regarde droit dans les yeux et c'est à mon tour de voir les lumières s'allumer à tous les étages.

– Tu n'oserais pas, me dit-elle mi-offusquée mi-morte de rire.

– Oh que si ! Tu ne m'as secourue que pour pouvoir me taquiner, vrai ou faux ?

– Moui, dit-elle d'une petite voix.

– C'est aux vannes qu'on reconnaît les vrais amis paraît-il. Alors je me dois de te renvoyer la pareille, conclus-je avec un clin d'œil.

– T'es vache quand-même.

– Bah oui, comme mon amour.

Duel de regards, c'est à celle de nous deux qui craquera. La pauvre, si elle savait. Elle va me détester, mais je ne peux pas lui dire quoi que ce soit. Je ne saurais même pas quoi lui raconter en vrai. Je veux échanger avec le principal intéressé avant. Même si l'expectative de ragoter comme lorsque j'avais quinze ans me donnerait presque des ailes. Les secondes passent, et je la vois rougir de plus en plus. Je sais qu'elle va bientôt céder et je trépigne d'impatience. Je n'utilise pas souvent cette carte, mais à chaque fois ce n'en est que plus drôle. Il faut au moins ça pour fêter nos retrouvailles, qu'elle me taquine sur Silvio et que je lui fasse dire son mot.

– Hippo… Hippopoto… Franchement, t'es pas cool. Tu finiras par avoir ma peau, tu le sais ?

Hippopotomonstrosesquipédaliophobie[32], finit-elle par lâcher du bout des dents. T'es contente ? Maintenant je veux mon croustillant !

— Ah, tu étais là, je t'ai cherchée partout.

Sauvée par le gong, ou plutôt par l'un des plus beaux spécimens masculins qu'il m'ait été donné d'apprécier. Comme dit le proverbe : "quand on parle du loup, ...".

— Désolée Silvio. Je ne voulais pas te faire faux bond, mais quand Sol a eu besoin de moi, je n'ai pas pu lui refuser, dis-je en donnant un coup de coude à la concernée.

— Oui, désolée, mais j'avais perdu une boucle d'oreille et j'avais besoin de son aide, appuie-t-elle.

Bon, au moins, j'ai une vraie amie, mais vu le regard que nous jette mon bel Italien, je ne suis

---

[32] Défi mot Instagram : Merci @sunny.books11 pour ce mot assez complexe à mettre en place sans que ce soit écrit pour être écrit. Je pense que je m'en suis bien sortie, non ? Dites-moi. À vous auteurs qui cherchait à faire chroniquer votre livre, n'hésitez pas à la contacter.

pas certaine qu'il nous croie. Du reste, je me demande pourquoi je lui mens, après tout, il me connaît assez pour deviner mon malaise. Je crains juste qu'il ne me prenne pas au sérieux si je fuis.

– Ça ne sert à rien de mentir, j'ai constaté que tous ces regards braqués sur toi ont été la goutte d'eau qui fait déborder ton vase émotionnel. Ton regard ayant retrouvé sa pétulance légendaire, je suppose que Sol est arrivée à te faire entendre le bien se cachant derrière cette dernière épreuve. Finalement, je suis bien content qu'elle t'ait kidnappée. Elle t'a permis de souffler, ce que je n'aurais pas pu faire.

Un coup d'épaule de ma voisine me fait sourire et quelque peu déculpabiliser de ma désertion.

– Crois bien que j'en suis désolé, mais il va falloir que tu m'accompagnes maintenant. La nouvelle PDG ne peut plus se faire attendre. Accorde-leur une heure et nous pourrons enfin nous reposer. En attendant, puis-je avoir à mon bras la femme la plus splendide ? conclut-il.

Je sens mon cœur rater un battement et le rouge me monter aux joues. Cette pause m'a ressourcée, pourtant ce sont ses derniers mots qui me donnent la force d'avancer. Je savais qu'en acceptant sa proposition, je serai contrainte de sortir de ma zone de confort. J'inspire profondément et m'accroche à Silvio. Sa main posée sur la mienne me rassure, je sais qu'il sera à mes côtés quoi qu'il arrive. Je jette un dernier coup d'œil à mon amie et lui envoie mes excuses sans un mot. Sa moue ne fait aucun doute, elle n'est pas dupe et me fait comprendre que je ne perds rien pour attendre. Je l'embrasse de la main et me concentre sur nos invités. L'avantage d'être au bras de Silvio est qu'un sourire - *débile* - est maintenant épinglé à mon visage. Un sourire éclaire naturellement mon visage. Il me guide vers la réception pour me présenter les nouveaux directeurs. Je constate avec joie que la politique salariale de mon père a été conservée en retrouvant certains employés dans des rôles stratégiques. Sans me lâcher pour autant, mon partenaire déplace son bras dans mon dos et je sens parfois sa main se perdre au sud. J'ai le cœur qui bat comme une adolescente et je n'ai qu'une envie c'est de me retrouver seule avec lui. Nous passons de groupe en groupe et il me guide avec aisance vers les différents convives, en me rafraîchissant la mémoire ou en me confiant quelques anecdotes. Les échanges sont chaleureux, les invités sont ravis de me retrouver. Ils ne tarissent pas d'éloges quant à ma tenue ou mon choix pour l'entreprise. Je reçois plus de condoléances et de souvenirs que le jour de l'enterrement de mon père. Pourtant, la tristesse ne m'étreint pas, comme avec Claude hier, j'ai l'impression au contraire de retrouver ma place auprès de mes parents.

Soudain, je me pétrifie. J'ai toujours eu l'ouïe fine, et si elle m'a été bénéfique à plusieurs reprises en me permettant de découvrir des informations que je n'étais pas censée entendre, cette fois-ci j'aurais aimé m'en passer. Tandis que nous entamons la conversation avec le maire de Tignes et sa femme, je surprends la conversation de Clarisse, une ancienne camarade de classe que je supposais mon amie, avec son père, le responsable des magasins France que nous venons de quitter.

— Regarde-là se pavaner. Ça m'a presque écorché la gorge de la féliciter. Elle n'a rien fait pour en arriver là, et la voilà à la tête d'une des plus luxueuses compagnies françaises. Pourquoi ? Simplement parce qu'elle est bien née et qu'elle couche avec Massiano Junior.

— Clarisse, la gronde son père. Tu devrais faire attention à ce que tu dis, même si je suis d'accord, attendons d'être dehors pour nous exprimer. Je ne voudrais pas que ça nous retombe dessus.

— Pfff, peu m'importe, elle ne peut rien contre moi, j'ai des photos de sa puberté et des échanges sur Silvio qui la mettraient dans l'embarras. Et ils seraient bien incapables de gérer les stores sans toi. Ils n'ont plus les pieds sur terre ces gens-là.

Mon partenaire se rend compte que je ne suis pas avec eux et écourte avec délicatesse notre entrevue avec monsieur le Maire. Il tente de m'interroger sur mon état, mais il m'est impossible d'articuler le moindre mot. J'entends tout à coup Soléline parler trop fort pour que ce soit naturel.

– Clarisse, je ne t'avais pas vue depuis trop longtemps ma chérie - *mon cœur rate un battement, non pas elle aussi* - ! Il faudra que tu me donnes l'adresse de ton chirurgien, on ne voit presque pas les traces de ta rhinoplastie. - *Des dizaines de regards qui convergent vers elle et son père* - Par contre, la poitrine c'est pas possible ma chérie. - *Appuie-t-elle avec l'accent de Cristina Cordula* - Tu vois encore tes pieds ? Victor, je ne vous avais pas reconnu, le célibat vous réussit on dirait, vous avez même retrouvé vos cheveux, c'est magnifique !

Quelques rires sont étouffés ici et là. Je prends sur moi pour rester le plus impassible possible. Je l'adore ma Sol, il n'y a qu'elle qui peut se permettre de tels commentaires sans craindre les répercussions. Lorsque nos regards s'accrochent, je ne peux que constater sa fierté. Si ce n'était pas déjà fait après notre belle soirée d'hier, elle vient de balayer notre année de dispute en prenant ma défense. Dieu seul sait à quel point elle m'a manqué, ma princesse savoyarde. Je souris à la pensée de ce surnom que je lui avais attribué et qu'elle adore tant. Sol fait partie de ces personnes à qui la vie a distribué une quinte flush royale à la naissance. Mais là où certaines auraient pu transformer leur bénédiction en arrogance, elle avait toujours gardé les pieds sur terre en profitant de sa position pour se rendre utile.

M. Murgier est livide depuis qu'il a compris que leurs petites indiscrétions n'étaient pas passées inaperçues. Malgré ce que dit sa fille, il est assez sensé pour savoir que personne n'est indispensable. Il me fait presque de la peine avec son air contrit, seulement je sais qu'il n'en est rien. Je me tourne vers Silvio, bien qu'il n'ait pas entendu les propos initiaux, il fait assez confiance à Sol pour comprendre que si elle se permet de telles réflexions, c'est toujours à juste titre. Des éclairs ont remplacé les paillettes qui illuminaient son regard depuis ce matin. Je retrouve dans ses traits les expressions de sévérité et d'intransigeance de Sergio. Je ne sais pas ce qu'il a prévu à leur intention, toutefois je sais que la décision est déjà prise et que rien ni personne ne pourra lui faire changer d'avis. J'aimerais avoir la même force de caractère. Pourtant, je lutte pour garder à distance mes angoisses. Leurs mots résonnent en moi et viennent mettre du sel sur mes incertitudes déjà à vif. Mon bel Italien resserre son étreinte autour de ma taille. Je sais qu'il souhaite que je me ressaisisse assez pour essayer de sortir dignement. Le meilleur cadeau que je puisse leur offrir serait de leur prouver qu'ils m'ont atteinte. Alors je respire un grand coup et je trouve le courage de répondre :

— Laisse tomber Soléline, une langue de vipère, c'est tout ce qu'il reste aux vils serpents qui n'ont pas la volonté de monter les échelles.

Sur ce, je retourne aux invités qui semblent vraiment prendre plaisir dans nos échanges. Les conversations reprennent peu à peu, pourtant je sens bien que l'ambiance n'est plus la même. Peu à peu, les salutations se multiplient et avant de le réaliser, je n'ai plus que Silvio, Soléline et Ana autour de moi. Je laisse le soin à mon partenaire et ma nounou de conclure avec le traiteur. Prenant mon amie par la main, je l'entraîne vers ma chambre.

– Je suis désolée, tu voulais des réponses et j'ai profité de toutes les perches tendues pour éviter de te partager cette part de mon cœur. Promis, je te ferai un débriefing complet, mais laisse-moi un peu dans mon cocon pour l'instant. Et puis, le coup de Clarisse, c'est ma goutte d'eau. J'ai besoin de poser les choses tranquillement et surtout d'une bonne nuit de sommeil. J'espère que tu ne m'en veux pas trop ? lui confié-je.

– T'inquiète paupiette, je me doutais que tu

trouverais une excuse pour me laisser sur ma faim. On ne remet pas un an à plat juste avec une discussion entre deux portes. Par contre, je ne te lâcherai plus, me répond-elle un grand sourire aux lèvres.

— Merci et désolée.

— Oublie, je sais que parfois je vais trop loin dans mes propos, je voulais te faire bouger, mais faut croire que je n'avais juste pas les bons attributs. Bon allez, va dormir princesse et laisse ton prince prendre soin de toi. Il n'attend que ça, je crois bien.

Elle me serre affectueusement dans ses bras avant de partir à son tour. J'espère sincèrement la revoir rapidement pour faire le tri avec elle sur ces deux jours si intenses. En trente-six heures, j'ai l'impression d'avoir vécu une vie entière. J'ai rajeuni de 5 ans tout en en gagnant autant d'années de maturité. Je me sens vidée, tout en débordant d'énergie pour les prochains défis qui me feront face, tant qu'ils arrivent après une bonne nuit de sommeil. Je file dans la salle de bain – *ça faisait longtemps* – et me déshabille en prenant grand soin de ne pas abîmer la sublime combinaison que je porte. Je ne sais pas si j'aurai l'occasion de la remettre hélas, cependant elle restera une tenue emblématique. Je glisse dans la douche et apprécie son mode pluie. Les fines gouttes qui s'écrasent sur ma peau sont autant de micro-massages qui viennent délier tout le stress accumulé aujourd'hui. Je profite de ce moment à moi pour retracer mon parcours émotionnel depuis mon dernier réveil grec. Entre anxiété et tristesse, la détresse était au cœur de mes pensées. De l'autre côté de cette journée et malgré les turbulences, c'est finalement la sérénité qui prime. Je ressens une excitation profonde et une joie immense devant le virage pris par ma vie. Je pensais avoir tourné la page sur mon histoire avec *La Licorne*, alors que le choix que nous avons fait avec Silvio est le seul me permettant de m'épanouir vraiment.

En parlant de mon bel Italien, je l'entends

entrer dans ma chambre – *il n'a vraiment aucun scrupule* – et je ne reconnais pas mon audace lorsque je l'invite à partager ce moment. Il me met au supplice en se dévêtant dans la chambre sans prendre la peine de me répondre. Il me rejoint enfin et je ne résiste pas à l'envie de lui sauter dans les bras. Je ne sais peut-être pas où tout cela va nous mener, mais présentement, je veux juste me saisir de toutes les chances offertes par la vie. L'allégresse m'emporte lorsque les bras de Silvio se resserrent autour de moi et que sa bouche se met à dévorer la mienne. Je ressens toute son excitation contre mon bas ventre qui prend immédiatement feu. Je n'arrive pas à mettre un mot sur mes sentiments envers lui, pourtant ce Turinois me rend complètement folle et libère une passion dont je ne me savais pas capable. Je n'ai aucune limite, aucune crainte, malgré nos empoignades régulières depuis l'accident, j'ai compris que je pouvais lui accorder toute ma confiance et cela se ressent sur mon audace. J'ai envie de lui, de le découvrir encore et encore, de goûter chaque parcelle de son corps de rêve. Avec un naturel qui me surprend moi-même, je m'arrache à sa bouche vorace pour partir à l'exploration de son épiderme. Je ne laisse aucun centimètre carré de sa peau sans la trace de mes lèvres. La tension au maximum, il me plaque contre la paroi avant de se perdre en moi. Nos respirations sont à l'unisson et les râles qui nous échappent ne sont que l'expression de l'effervescence que nous ne pouvons contenir.

– S'il te plaît reste avec moi ce soir, lui avoué-je une fois nos souffles redevenus normaux.

– *Tutto quello che vuoi mia dolce*[33].

Il n'y a pas à dire, j'adore toujours autant la tendresse qui ressort de nos échanges dans sa langue maternelle. Avec une certaine pudeur, déconcertante après notre intimité aquatique, nous nous séchons et nous glissons entre les draps. Silvio écarte son bras droit et je m'installe contre son torse si bien dessiné. La tendresse de ce

[33] "Tout ce que tu veux ma douce". Je sais pas vous mais moi je fonds…

moment m'étreint. Je suis épuisée pourtant bien incapable de fermer les yeux. Mes pensées se bousculent dans mon cerveau et je n'arrive plus à les prioriser.

– Sil…

– *Domani*[34], me coupe-t-il avant de déposer ses douces lèvres sur mon front.

Il se met à me caresser les cheveux, ce qui a pour effet de me calmer instantanément. Peu à peu, sa cage thoracique se soulève avec plus de profondeur et de régularité. Lorsque sa main retombe sur l'oreiller, je sais que mon Apollon a rejoint son grand-oncle Morphée. Seule face au silence et à l'obscurité, je n'ai d'autre choix que de laisser voguer mon esprit. Bientôt je me laisse à mon tour rattraper par le sommeil.

Une nouvelle nuit, de nouveaux rêves.

---

34 "Demain". Mais pas vous hein ^^. Vous vous devrez l'inventer…

Remerciements

Si l'écriture est une passion très égocentrique, je ne serais encore une inconnue sans ces quelques personnes qui m'apportent tant de bonheur au quotidien :

Mon A.N.A, mes BFF de la lecture, mes comparses de folie, mes co-admins de chocs de Book Friends Forever : Audrey D, Nanie, Alice.

Mes Kinder à moi, mes alphas d'amour qui ont été là tout au long de ce périple car cette histoire a vraiment été complexe à sortir : Audrey N (tu resteras toujours ma doodingue rien qu'à moi), Thalie, Alice et Nanie (oui oui, elles sont partout <3)

Ma Soléline, qui n'est pas une mais trois amies. Presque vingt ans que nos chemins se sont croisés, la vie n'est jamais un long fleuve tranquille, mais je sais que vous n'êtes qu'à un coup de téléphone : Sophie, Léa, Adeline.

Mes bêtas qui ont épluché ce texte sous toutes les coutures afin de lui apporter l'éclat qu'il méritait : Marie et Laëtitia (mes pompons girls personnelles), Cassandra, Eléonore et Audrey D. (qui m'ont fait le plaisir de découvrir ma plume).

Ma belle-mère qui apporte la touche finale, le dernier coup d'œil à la recherche des fautes qui persistent malgré les différentes lectures. (Et s'il en reste malgré tout, nul n'étant infaillible, je suis preneuse, l'avantage de l'auto-édition, c'est que je peux modifier comme je veux. Promis, je ne mords pas).

Les hommes de ma vie qui acceptent de me partager avec mon pc parfois des weekends entiers parce que "c'est maintenant, je dois l'écrire". Vous êtes ma pièce manquante et ma raison de me battre pour faire de ce rêve une vie.

Les chroniqueuses, je me permets de le féminiser car hormis JFT (t'as vu, t'es dedans mais tu es spécial), ce sont toutes des femmes. Grâce à elles mes livres voyagent et viennent vous rencontrer là où je ne vous aurais pas atteints.

Mes copilègues auteurs rencontrées sur les

réseaux et/ou en salon. Vous êtes des modèles à suivre, une source d'inspiration, un appui face au désert que l'on traverse parfois.

Et vous très cher lectorat, ces rêves n'existeraient pas sans vous. Si je leur donne substance, vous leur insufflez le souffle de vie en parcourant leurs pages. Je ne peux que vous encourager à laisser sur les réseaux, amazon, babelio, booknode et autres, votre avis (surtout si vous l'avez aimé ^^'). Quand on aime, on partage car vos retours sont notre meilleure pub (je dis notre car je pense à tous les copilègues). C'est grâce à vous si nous sortons de l'ombre de nos ordinateurs…

De la même auteure

Série Rêves :

Rêve de Noël

Rêveil difficile

Journal de Rêve (carnet de rêves à remplir)

Roman :

Les Merveilles d'Alice (à paraître)

Quelques mots sur l'auteure

Eidole a toujours aimé lire et l'écriture est venue naturellement par la suite. Des nouvelles à la poésie, elle a souvent laissé son stylo éponger ses sentiments. Elle a dans ses tiroirs des dizaines de débuts de romans qu'elle n'a jamais pris le temps de finir.

2020, c'est l'année de la révélation. Elle rentre dans un groupe de lecture bienveillant, y fait de belles rencontres et reprend la plume avec la ferme intention de terminer ce qu'elle a commencé. Elle retravaille son recueil de nouvelles "Rêves", Rêve de Noël sera le premier à être achevé et est sorti en novembre 2021. Depuis, les projets se superposent dans sa tête, un roman feel-good, et de nouveaux "Rêves".

Eidole est la part rêveuse d'Élodie Losson, jeune mère de famille, véritable couteau suisse professionnelle.

Restons en contact

Si l'envie vous prend, je serai ravie d'échanger quelques mots, ou plus…

https://linktr.ee/eidole

Rêve de *Noël* (extrait)

"Noël n'est pas un jour ni une saison, c'est un état d'esprit."

John Calvin Coolidge

Je ne connais pas de meilleur réveil que celui du chatouillis nasal de la bonne odeur de pain grillé. J'ai dormi comme une masse, à tel point que j'ai l'impression d'avoir fusionné avec le matelas. La lumière perce à peine au travers des volets, mais je suis bien incapable de deviner l'heure. En déménageant de chez mes parents, j'ai peut-être laissé mon lit, mais j'ai pris mon réveil et j'ai toujours refusé d'en remettre un. La maison familiale est le seul endroit où je refuse l'emprise des heures qui passent. Je suis bien, je n'ai pas envie de bouger et comme à chaque fois, je me demande pourquoi je ne reviens pas plus souvent, avant de me rappeler tout ce qui m'attend chez moi. Je respire un grand coup pour laisser disparaître toutes ces pensées anxiogènes et reprendre le cours libre de cette journée de fête.

J'entends ma mère s'affairer en bas, je me motive à me lever pour aller l'aider. Nous avons une grosse matinée de préparation devant nous afin que tout soit prêt avant l'arrivée des invités. Nous avons cuisiné un maximum hier, mais toute la mise en place nous attend. À midi nous serons six, alors autant dire que nous allons avoir besoin de toutes les mains disponibles, surtout que nous avons tous notre spécialité dans la famille. Plus j'émerge, plus le menu me revient. Je commence à regretter de ne pas avoir d'horloge dans ma chambre. J'espère ne pas avoir dormi trop tard. Je cherche mon téléphone avant de me rappeler que je l'ai laissé à charger dans le salon en bas. Reposée comme je suis, je me dis qu'il va falloir mettre le turbo.

Rêve*il Difficile* (extrait)

"Vous connaissez le proverbe ? Il n'y a pas de bonne fête sans lendemain."

Honoré de Balzac

J'ouvre les paupières, mais je ne reconnais pas l'endroit où je me trouve, alors je les referme, en me disant que je dois encore rêver. Seulement, j'ai beau cligner très fort des yeux, je ne sais toujours pas où je suis. En prime, une barre de fer s'est plantée dans mon cerveau. Il me faut plusieurs minutes pour me retrouver. Hier a dû être une sacrée soirée vu mon état au réveil. La mémoire me revient peu à peu, d'abord quelques images, puis des sensations plus précises. Mon dernier souvenir net est ma frustration en sortant du travail la veille – *était-ce seulement la veille ?* – puis de l'appel de Luke, mon meilleur ami. Il fut aussi laconique que providentiel.

— Apéro ce soir ! Sois-là pour 20 h !

Je n'ai même pas eu le temps de répondre qu'il avait déjà raccroché. Après tout, il était sûr que je ne pourrais refuser une telle proposition. C'est comme ça entre Luke et moi. Nous savons toujours au fond de nous, quand appeler l'autre ou quand l'autre a besoin d'un remontant. Nous sommes pour ainsi dire connectés. Nous nous connaissons depuis le lycée et nous avons soudé avec un nœud de 8 des liens plus forts que le sang. Nous sommes compagnons de cordée depuis le premier cours et, même s'il nous arrive d'être assurés par nos potes, nous ne grimpons jamais aussi bien que lorsque nous sommes chacun à un bout de la ligne. Nous nous confions respectivement nos vies depuis dix ans, forcément, nos esprits ont fini par ne faire qu'un.

Printed in France by Amazon
Brétigny-sur-Orge, FR

17510711R00097